Michael Göbel

Märchen auf Ruhrpottisch
Band 6

Grimms Märchen, umgeschrieben ins Ruhrpott-Deutsch

Bibliografische Information der Deutschen Nationalbibliothek:
Die Deutsche Nationalbibliothek verzeichnet diese Publikation
in der Deutschen Nationalbibliografie; detaillierte bibliografische
Daten sind im Internet über abrufbar.

Cover Foto: Pixabay
Herausgeber: Manuela Göbel
Autor: Michael Göbel
Illustration: Lizenzfreie Bilder
Nach Vorlage: Kinder und Hausmärchen der Gebrüder Grimm

Herstellung und Verlag:
BoD – Books on Demand, Norderstedt

ISBN: 9783746030739

Inhaltsverzeichnis

Einleitung

Hömma, easma vieln heazlichn Dank füa euja Spässken anne Mäachen un weita viel Bock anne Mäachenbüüskes von mich. Ker, ich bin imma noch mächtich übbawälticht, datta so anne Mäachen hängn tut. Hömma, in diesn säckstn Band habbich widda ma fuffzenn Mäachen füa euch vonne Gebrüüda Grimm zusammgetraagn un se inz pöttische umgeschrieem. Ker, dat glaupze nich, mittlaweile sin et ja schonn neunzich Mäachen ausse Sammlunk vonne Gebrüda Grimm, die ich inz pöttische umgemuddlt happ un et macht mich imma noch mächtich Spässken, weisse.

De neujen Mäachen sin zwaa nich mehr de bekanntestn, abba se sin ächt töfte hömma. Ker, de Gebrüüda Grimm ham noch so viele Mäachen in Petto, da kannich noch einige Mäachen-bände rausbringn, abba nua wenna dat wollt, nä..
Hömma, ich hoff, datta au weita de Mäachens treu bleibm tut un se bei Bekannte, bei euch inne Mischpooke oda euren Froindn weitaempfeehln wüadet. Ker, au meine Fänbäiß bei Fääßbukk hat schonn mächtich zugenomm un et wüad mich freun tun, wennse weitahin noch mächtich waksn wüade.

So, ich wünsch euch damma viel Froide un Spässken anne fuffzenn Mäachen innem Büüchsken un pass mich ja guut auf, datta euch im Mäachenwald nich valaufm tut, denn der bööse Wolf waatet nich lange un schwuppz bisse wech, woll.
Ich hoff, datte beie näästn Bände au widda mit vonne Paatie seid, also bis denne. Weisse Bescheit, nä!

Liebe Grüßkes un Glück auf
Euja Micha

Dea Aame un der Krösus

Hömma, et wa eima voa altn Zeitn, alz dea liebe Herrgott noch selpz auf Eadn unta de Menschn weilte, da truuch et sich zu, datta einet Aahms müde un schachmatt wa un ihm de Nacht übbafiel, bevoara zu nea Heabeage komm tat, weisse. Nun standn auffm Weech direkt voa ihm zwei Häuskes einanda geegnübba, dat eine echt töfte, mächtich groß un schön un dat andre sehr mickrich, schäbbich un äahmlich anzesehn. Dat schicke un große Häusken gehöate nen reichn Krösus un dea schäbbigge, kleine Kabachl, nen aam olln Seega. Da dachte der Herrgott sich: „Ja hömma, dem Krösus weade ich ja nich beschwealich falln tun: bei dem willich ma übbanachtn machn un mich bei ihm ein apratzn machn."

Da laatschte der Herrgott auf die töfte Hütte zu un kloppte anne Tüar, alz der Reiche Seega dat kloppm anne Tüare höate, machte er dat Fenstaken offm, glotze raus un fruuch den Fremdn, watta denn bei ihm wolle.

Illustration: **Otto Ubbelohde** 1867 – 1922 (Bild-PD-alt)

7

Der Herrgott antwoatete:
„Glück auf Kumpl, ich bitte dich ummen Nachtlaaga."

Der Krösus glotzte sich den Wandasmann von Kopp bis zuare Quantn genau an un weil der liebe Gott nua schlichte Klamottn auffm Leip truuch un nich aussah wie eina, der et dicke auffe Tasche hat, schüttelte er mittn Kopp un sachte zum Wandesgeselln:
„Ker, vapiss dich du Flitzpiepe, ich kann dich bei mich nich penn lassn, meine Kamman un Kabüffskes liegn volla Kräutas un Saamen un wennich jeedn daheagelaufnen Seega, der an meine Tüar kloppm tut aufnehm un beheabeagn wüade, so könnt ich mich gleich nen Bettlstaap inne Flosse nehm. Suuch dich ma wacka nen andret Untakomm, weisse."

Schluuch dat Fenstaken zu un ließ den Herrgott voare Tüare am stehn. Also keahrte ihm der liebe Gott den Buckl zu un ging hinüüba zum keinen, schäbbign Kabachl, kaum hatte er doat angekloppt, so wuade ihm von den Aamen Keal geöffnet un er baat den Wandasmann hinein.

„Hömma Kumpl, bleipt ma ruhich de Nacht übba hia bei mich inne Hütte", sachte er, „et is schonn zimmlich finsta inne Welt un heut könnta eh nich viel weitakomm tun, ich bereit euch wat zu futtan zu un ne Fuazmolle zum ratzn, weisse."

Hömma, dat gefiel dem lieebm Gott gewaltich un er traat zu ihm ein. De Olsche det Aamen reichte ihm de Flosse, hieß ihn heazlich willkomm un sachte, datta sich dat bei ihnen ruhich gemüütlich machn sollte un mit ihnen voalieb nehm, se hättn zwaa nich viel zu spachtln, abba allet wat et wäare, dat gääbm se von Heazn gean. Dann setzte se de Eapels aufs Feuja un

8

deaweil se kochtn, melkte se dat Zigglein, damit se ein wenich Milch dazu hättn, vastehsse!? Un alz dat Tischken gedeckt wa, pfleetzte sich der Herrgott nieda un spachtelte mit ihnen un et schmeckte ihn de schlechte Kost doch recht gut hömma, denn et waan vagnüüchte Visaagen mit am Tischken dabei, weisse.

Nachdem se gespachtelt hattn un et Zeit zum Pennen wa, da rief de Olsche heimlich ihrn Olln zu sich un spraach: „Hömma mein lieba Mann, wia wolln et unz heute Nacht ma auffm Streu gemüütlich machn tun un den fremdn Seega in unsre Fuazmolle ratzn lassn, damitta ma so richtich auspenn kann, vastehsse!?; er is ja den ganzn lieem langn Tach übba rumgelaatscht un da wiata schachmatt un mächtich müde sein, weisse."

„Vom Heazn gean liebe Mattka," antwoatete er, „hömma, ich willz ihn ma wacka anbieetn machn,"

ging zum Herrgott un baat ihn, wennz ihm recht un billich wäare, möchta sich doch in ihre Poofe zum ratzn leegn un seine Porreepiepm ma oandlich ausruhn. Der liebe Gott wollte den beidn Altn Greisn nich ihr Nachtlaaga wechnehm tun, abba se ließn sich nich apbringn machn, bissa et entzlich tat un sich in ihre Molle leechte; sich selpz machtnde beidn nen Laaga aus Streu auffe Eade un leechtn sich zum Pennen. Am andren Moagn standn se voarem Tach schon auf, der Lorenz wa au nonnich aufgegangn un se kochtn dem Fremdn nen Käffken un machtn ihm dat Frühstück, so gut se et eehmt hattn, weisse. Alz nun der Lorenz duachs Fenstaken reinschien un der liebe Gott aufgestandn wa, aaßa mit ihnen seine gemachtn Büttakes un süppelte dat Käffken un wollte seinet Weeges weitaziehn. Alza inne Tüare am stehn wa, sachta zu de aamen Leutz:

9

„Hömma, weila mitleidich un fromm zu mich geweesn seid, so wünscht euch ma dreijalei, dat willich euch eafülln tun."

Da sachte dea aame Keal:
„Ach weisse, wat sollich mich dennoch wünschn alz de eewige Seelichkeit un dat wa zweie, so lange wa noch leebm tun, gesund dabei bleibm un nich Koddrich weadn un dat wa unsa täächlich Broot haabm, wat willze mehr hömma; füas dritte weissich mich nix zum wünschn."

Da spraach der liebe Gott:
„Willze dich nich ne neue Hütte füan olln Kabachl wünschn?"

„Oh ja hömma," sachte der Aame, „wennich dat au noch eahaltn kann, so wäare mich dat wohl liep un recht, weisse."

Da eafüllte der Herrgott ihnen ihre Wünsche, vawandelte dat oll schäbbige Häusken in nen neujet, gaap nomma seinen Seegn un zooch von dannen.

Et wa schonn volla Tach, alz der Krösus aufstand. Er leechte sich an sein Fenstaken un glotzte nich schlecht, alza geegnübba nen neujet, reinlichet un töftet Häusken mit rootn Ziegelns am stehn sah, genau da, wo sonz nua son olla schäbbiga Kabachl stant. Er machte grooße Klüüsn un staunte Bauklötzkes, rief seine Alte wacka heabeizukomm un sachte:
„Sammama, wat issn da drüühm gescheehn hömma? Gestan Aahmt stant da donnoch der olle Kabachl un heute ne töfte Hütte. Lauf ma wacka rübba un tu höaan, wat da Ambach is!"

Da ging de Olle rübba un fruuch den Aamen aus, er eazählte:
„Ja weisse, gestan Aahmt kam son Wandasmann, dea suuchte

füare Nacht nen Laaga zum Penn machn un heute moagn beim Apschiet hatta unz drei Wünschkes gewäahrt, de eewige Seelichkeit un Gesundheit so lange wa leehm un dat notdüaftige täächliche Broot zum futtan dazu un zuletzt noch anstatt unsra altn Hütte ein töftet neujet Häusken, weisse!"

De Alsche vom Krösus lief eilich zurück un eazählte ihrn Seega wie allet gekomm wa un dea Keal spraach:
„Ker, wat binnich Dussl, ich könnt mich inne Fott beißn un; ker hömma, hättich dat nua eha gewusst! Der Fremde is zuvoa hia bci unz gcweesn un hat übbanachtn wolln, abba ich Dööskopp hap ihn apgewieesn, weisse!?"

„Eil dich wacka, nimm de Huufe inne Poote," spraach de Olsche „setz dich auffm Gaul, so kannze den Wandasgeselln noch einholn tun un dann mussa dich au drei Wünschkes gewäahrn lassn, weisse. Wehe wennich hömma!"

Illustration: **Otto Ubbelohde** 1867 – 1922 (Bild-PD-alt)

Dea reiche Krösus befolchte den guut gemeintn Rat seina Olschn, jaachte aufm Zossn den Wandra hintahea un holte den Herrgott au noch ein. Er kwatschte fein un lieplich auf ihn ein un baat, er möcht sich dat do nomma übbaleegn machn un ihm nich üübl nehm, datta ihn gestan Aahmt nich reingelassn un apgewieesn habe. Er hätte näämlich dat Schlüsselke vonne Haustüare valeecht gehappt un ihn noch suuchn müssn, abba inne Zeit wäare er ja deaweil apgehaun: wenna abba det Weechs zurückkäme, müsse er bei ihm unbedinkt einkeahren tun, um rastn zu machn.

„Ja nee, is klaa," spraach der liebe Gott, „hömma, wennich den Weech nomma zurückkomm tu, so willich et au machn tun."

Da fraachte der Reiche, oppa nich au schonn drei Wünschkes tun düafte, wie et sein Nachbaa getan hat? Ja, sachte der liebe Gott, dat düafta wohl machn tun, et wäare abba nich gut füa ihn un er solle sich lieba nix wünschn machn. Der Krösus meine abba, er wüade sich schonn wat töftet aussuuchn, dat zu seinem Glück gereiche, wenna nua wüsste, dat et eafüllt wüade. Da spraach der liebe Gott zu ihm:
„Hömma, reit ruhich heim zu deina Olle un de drei Wünschkes weadn dich schonn bald in Eafüllunk gehn tun."

Nun hatte der Reich Seega dat eareicht, watta valankt hatte, ritt wacka heim zu seine Olschn un fing sich untaweechs am nachsinnen an, watta sich denn wünschn sollte. Wieja sich so bedachte hömma un de Züügls falln ließ, fink der Gaul am springn an, so datta immafoat in seinen Gedankens gestöat wuade un se gaanich zusammbringn konnte, weisse.
Er kloppte dem Gaul aufm Halz un sachte:
„Ker, sei ma ruhich Liesken,"

abba der Zosse machte weita Sperenzkes. Da waad er zuletzt soo äagalich hömma un rief ganz ungeduldich:
„Ker, wennze getz nich aufhöas, so willich, datte dich den Halz brichs."

Wieja dat letze Woat ausgquatscht hatte, plump, da fiela auffe Eade un der Gaul laach da tot hearum un reechte sich kein bissken mehr; hömma, damit wa sein easta Wunsch futschikato un somit eafüllt. Weila abba von Natua aus geizich wa, wollta dat Sattlzoichs nich im Stich lassn, schnitt et ap un packte et sich auffm Puckl un musste den weitn Weech zu Fuß weitalaatschn, dat ihm de Kwantn qualmtn.

„Ker, getz habbich noch zwei Wünschkes übbrich", dachta un trööstete sich damit. Wieja nun so langsam duachn Sand dahea laatschte un zu Mittach der Lorenz richtich knallte, da waadz ihm so waam, datta am ööln anfink un ihm brassich zu Mute wa; der Sattl drückte ihm auffm Buckl un weitahin wa ihn nonnich eingefalln, watta sich wünschn sollte.

„Ker, wennich mich au alle Schätze vonne ganzn Welt wünschn wüade," spraacha zu sich selpz, „so fällt mich noch allalei Gedöns ein, dieset un jenet. Ker, dat weissich in voaraus; ich willz mich abba so einrichtn, dat et mich nix mehr übbrich zu wünschn bleim tut."

Dann seufzte er un spraach:
„Jaa, wennich nun der bayrische Baua wäar, der au drei Wünschkes frei hatte, der wusste sich am helfm, der wünschte sich zueast viel Bier un zweitenz so viel Bier, wieja süppln könnte un nochn Fäßken Bier dazu."

Manchma meinte er, getz hätta et gefundn, abba heanach schien et ihm doch zu wenich zu sein. Da kamen ihm so inne Gedankenz, wat et seine Olle getz gut hätte, se sääße daheim inna kühln Stuube un ließe et sich wohl schmeckn. Dat äageate ihm gewaltich un ohne datta et wusste, spraacha voa sich hin: „Ker, ich wollte de Olle sääße daheim aufm Sattl un könnte nich mehr runna, anstatt ich ihn auf meinem Buckl am schleppm tu."

Un wie dat letzte Woat aus seina Muhle kam, so waad der Sattl von seinem Buckl veaschwundn un er meakte, datta den zweitn Wunsch getan hatte. Hömma, da waad et ihm east recht heiß im Gebälch, er fing am wetzn an un wollte sich ganz einsam in seinem Kabüffken hinsetzn un den grooßn Wuaf zu machn, um sich Mächtiget auf sein letztn Wunsch zu sinnen. Wieja abba daheim angekomm wa un de Stuubmtüar offm macht, da sitzt doch seine Olsche mittndrinne aufm Sattl un kannich mehr runna un is knaatschich, kräftich am zäätan un lamentiean.

Illustration: **Otto Ubbelohde** 1867 – 1922 (Bild-PD-alt)

14

Da spraacha zu se:
„Ker, gipp dich zufrieedn watte hass, ich will dich Reichtüma vonne ganzn Welt heabeiwünschn machn, nua bleip ma lockka un da am hockn machn."

Se nannte ihn nen Dööskopp un sachte:
„Ker, wat tun mich alle Reichtüma vonne vadammtn Welt helfm machn, wennich hia weita auffm Sattl sitzn tu; du hass mich draufgewünscht, getz musse mich widda runnahelfm."

Hömma, er mochte wolln oda nich, er musste nun den drittn Wunsch au tun, datse den Sattl entzlich leedich wiad un runna konnte; un der Wunsch waad alzbald eafüllt. Also hatte er nix davon aussa Äagaa, Mühe, Scheltwoate un nen valoanen Gaul; de aamen Leutz abba leeptn vagnüücht, stikkum un fromm biss an ihr seeliget Ende un der Krösus mit seina Olle äagaatn sich nen Leehm lank übba de vapatztn Wünschkes, weisse.

So isset nu ma, wea Monetn hat un nomehr Reichtum will, dea wiad sich wundan, wenna nahea ohne allet dastehn tut, nä!

*** ENDE ***

Aamut un Demut füahrn zum Himmlke

Hömma, et wa eima nen Könichsdöppken, dea laatschte hinaus aufs Feld un wa im Kopp ganz nachdenklich un ein bisken bedröpplt, glotzte im Himmelke hinauf un dea wa so töfte un rein; so richtich könichsblau weisse, datta seufzte un spraach: „Ker, wie töfte musset da oohm sein, wennze da sein tuhs!"

Da eablickta nen olln aam Mann, dea bedröppelt det Weechs daher gelaatscht kam un quatschte ihn an un fruuch ihn: „Hömma, weisse wie ich innen Himmlke komm tu?"

Dea oll Keal antwoatete:
„Hömma, da kommze nua duach Aamut un Demut hin. Ker, weisse wat? Ströpp dich ma meine olln zarissnen Plörren übba un wandre sieem Jäahrchen umme Welt un leaan dat Elend kenn; nimm keine Monetn an, sondann wennze Kohldampf hass, bitte mitleidich um nen Kantn Broot, so wiasse dich den Himmlke näahrn tun, vastehsse!?"

Illustration: **Otto Ubbelohde** 1867 – 1922 (Bild-PD-alt)

16

Da zooch dea Könichsbengl seine prächtign Klamottn aus un ströppte sich de olln Plörren det aam Keals übba un laatschte hinaus inne weite Welt un eaduldete mächtich Elend. Er nahm nix aussa wat zu Futtan, quatschte nich un beetete nua zum lieem Gott, datta ihn ingswann eima im Himmlken aufnehm wollte. Hömma alz de sieem Jäahrchen rum waan, da kama widda an seinet Vaddas Schlössken voabei, abba kein Aasch eakannte ihn. Da spraacha zure Dienas det Könichs:

„Ker hömma, gehma nach mein Vadda un Mudda un sach den ma, dat ich widda da bin, ich möchte se so geane widdasehn tun."

Abba de Dienas glauptn nich, datta dea valoane Könichsbengl sei, se beömmeltn sich un ließn ihn einfach stehn.
Da quatschte er se nomma an un sachte:
„Ker hömma, geht domma bitte nach meine Brüüdas un sacht deenen ma, datse ma runnakomm solln, ich möcht se ma widdasehn tun."

Hömma weisse wat? Se wolltn imma nonnich, biss entzlich eina vonse hinging un et den Könichsblaagn sachtn, abba se glauptn dem Lakai nich ein Woat un kümmatn sich n´ Dreck drum, weisse.
Dann schriepa nen Briefken anne Mudda un beschrip ihr darinne all sein Elend, abba er sachte ihr im Briefken nich, datta ihr Bengl wäar.

Hömma, da ließ ihm de Könjin aus Mitleid nen Plätzken unta de Treppe anweisn tun un ihm zweima tächlich duache Dienas wat zum Spachteln bringn machn. Abba der eine vonne Diena wa bööse un bräsich un un spraach;
„Ker, wat soll der Bettla mit dat töfte Futta!"

17

Er bbehieltz füa sich selpz oda gaapz den Tööln un brachte den Schwachn, Apgezeahrtn Könichsbengl nua Kraahnebeaga zu süppln; doch dea andre Diena wa äahrlich un brachte ihn, watta füa ihn mit auffm Weech mitbekam. Et wa zwaa wenich, abba er konnte davon ne Zeitlang übbaleehn; dabei wara au ganz geduldich, bissa dann imma koddriga wuade.

Alz abba seine Koddrichkeit imma mehr zunahm un er ganz schwach auffe Porreeepiepm wuade, da begeahrte er dat heil um dat Aahmtmahl zu empfangn, weisse. Wie et nun unta de halbm Messe inne Kiiache so Ambach is, fingn von selpz alle Glöckskes inne Stadt un inne Umgeebunk am läuten.
Der geistliche Pfaffe ging nache Messe zu den aam Seega unta de Treppe, so laacha dann da, tot waara, inz Grass gebissn hatta un in eina Poote hielta ne Rose, inna andren Flosse ne Lilie un neehm ihn nen Stücksken Papier, drauf wa seine ganze Leehmsgeschichte aufgeschrieem.

Hömma, alza untam Toaf kam un begraahm wa, wuuchs am Graap auf eina Seite ne Rose un auffe andren ne Lilie hearaus, weisse Bescheit, woll.

*** **ENDE** ***

Bruuda Lustich

Ker hömma, et wa eima nen mächtich großa Kriech un alza zu Ende wa, bekamen viele Soldaatn ihrn Tritt inne Fott un duaftn gehn. Nun waad da Bruda Lustich anne Reihe sein Apschiet zu nehm un er bekam nix andret alz nen klein Knapp Komißbroot un viea Heijamänna auffe Kralle, damit zoocha dann von dannen. Der heilige Petrus hat sich abba alzn aam Bettla annem Weechrand gesetzt un wie dea Bruuda Lustich daheakam, baata ihm um Almoosn.

llustration: **Otto Ubbelohde** 1867 – 1922 (Bild-PD-alt)

Bruuda Lustich antwoatete:

„Hömma du Penna, wat sollich dich schonn geebm? Ker, ich bin nua nen aama Soldaat geweesn un hap nua nen Knäbbl Kömißbroot un an Moneetn viea Heijamänna inne Täsch un wennet alle is, mussich bettln tun, so wie du getz am bettln biss. Abba weisse wat? geebm tu ich dich geane wat, weisse."

Darauf teilte er den Knäbbl Komißbroot in viea Teilkes un gaap davon den Apostl ein Vieatl un nen Heijamann dazu. Dea heilige Petrus bedankte sich, ging weita un pfleetzte sich inne andre Gestalt, anne andre Ecke, alz Bettlmann nieda. Alz dea Soldaat auf seinem Weech widda zu ihm kam, baata widdarum um ne Gaabe. Der Bruuda Lustich sachte dat selbe wie dat voahearige ma, gaap ihn nen Vieatl vom Knapp un nen Heijamann dazu.

Hömma, der heilige Petrus bedankte sich widda un ging weita, setzte sich abba zum drittnma inna andren Gestalt am Weechrand alz Bettla hin un spraach Bruuda Lustich an. Bruuda Lustich rückte ihm au dat dritte Vieatl vom Komißbroot raus un gaap ihm nen Heijamann dazu. Dann laatschte er weita, bissa zu ner Kaschemme kam, doat ginga inz Wiiatzhaus rein, futtate sein vabliebnes Vieatl Komißbroot un bestellte sich füa den vabliebnen Heijamann non paa Pilskes. Alza feddich wa, zoocha weita un da ging ihm dea heilige Petrus gleichfallz inne Gestalt einet vaapschiedetn Soldaatn entgeegn un quatschte ihn an:

„Tach Kumpl, kannze mich n´ Stücksken Broot un nen Zwickl zum Trunk geehm?"

„Ker, wohea neehm, wennich steehln", antwoatete Bruuda Lustich, „hömma, ich hap beiem Apschiet nix andret alzn

Knäbbl Komißbroot un viea Heijamännas bekomm. Drei Penna sin mich auffm Sack gegangn, ich hapse geholfm un jeedn nen Vieatl vom Knapp un nen Heijamann inne Flosse gedrückt. Dat letzte Vieatl habbich selpz vaputzt un mich n´ paa Pilskes gegönnt. Getz is Schicht im Schacht un wenne au nix auffe Tasche hass, so könn wa mittenanda bettln gehn, vastehsse?!"

„Nee", antwoatete dea heilige Petrus, „dat is nich un muss nich nötich sein: ich vasteh mich n´ bissken auffe Quacksalbarei, weisse un damit willich mich schon wat vadien un am Kackn haltn."

„Ja nee, is klaa", antwoatete Bruuda Lustich, „ker, damit habbich nix mit am Huut hömma, dann mussich ebent alleine Bettln gehn tun."

„Ker, komm mit", sachte dea heilige Petrus, „hömma, wennich wat vadien tu, krisse de Hälfte ap."

„Dat soll mich wohl recht sein", sachte Bruuda Lustich un se zoogn weita umme Weltgeschichte.

Nun kamen se annen Kottn voabei un hööatn aussm Bauan-häusken nen gewaltiget Jamman un Pläärn, se stiefeltn hinein un da laach da nen Keal steamskrank drin un wa den apnippln nahe un seine Olle plääate ganz laut.

„Ker, lasst Euja Heuln un Plääan", sachte dea heilige Petrus, „ich will ma sehn tun, wat ich füa dein Olln machn kann, datta widda gesund wiad,"

nahm ne Salbe ausse Täsch, er riep ihn ein un heilte den Seega

21

aungblicklich, datta widda aufstehn konnte un ganz gesund waad, weisse. Da quatschtn de Olle un der Keal in mächtich großa Froide zu de beidn:
„Ker nee, wie könn wa dat widda guutmachn tun un Euch lohnen? Wat solln wa Euch geebm, datta unz ausse misslichn Laage geholfm happt?"

Hömma, dea heilige Petrus wollte nix annehm un je mehr de Bauasleutz baatn, desto mehr weigaate er sich. Bruuda Lustich abba stieß den heilign Petrus inne Rippm un sachte zu dem:
„Ker hömma, so nimm doch, wia könnz ja brauchn tun."

Entzlich brachte de oll Bäujarin nen Lämmken un sachte zum heilign Petrus:
„Kumma hia, dat soll dein Lohn sein tun."

Dea heilige Petrus abba wollte et nich annehm tun, da stieß ihm Bruda Lustich widdarum inne Rippm un sachte:
„Ker, nimms doch, du dussliga Deibl, wia brauchn et doch."

Da sachte dea heilige Petus entzlich:
„Ja hömma, dat Lämmken willich nehm tun, abba ich traach dat nich; wennze et willz, musset alleine schleppm."

„Hömma, dat hat keine Not, weisse", sachte Bruuda Lustich, „dat willich wohl schleppm tun" un nahms auffm Buckl. Nun gingn se foat un laatschtn weita duache Weltgeschichte. Nun kamen se innem Wald, da waad dem Bruuda Lustich dat Lämmken abba zu schwea gewoadn, er wa hungrich, hatte Kohldampf, also sachta zu Petrus:
„Kumma, is dat hia nich'n töftet Plätzken, da könnwa dat Lämmken geich kochn machn un veaputzn."

„Ja nee, is klaa", antwoatete dea heilige Petrus, „dat soll mich recht sein, doch kannich mitte Brutschelci nich umgehn, weisse. Hömma, willze kochn, brausse nen Kessl. Hasse nen Kessl, so willich deaweil auf- un apgehn, biss dat Viech gaa is. Du muss abba nich mittn futtan anfangn, bis ich widda zurück bin; hömma, ich will schon zua rechtn Zeit komm, woll."

„Ker, kein Problem, geh nua", sachte Bruuda Lustich," ich tu schonn wat vom Brutschln vastehn, hömma ich mach dat schonn länga, weisse."

Da ging Petrus foat un Bruuda Lustich köppte dat Lämmken, machte nen Feujaken an, waaf dat Fleisch innem Kessl un kochte et. Hömma, dat Lämmken wa schon gaa un der Apostl imma nonnich zurück, da nahm et Bruuda Lustich aussm Pott, zeaschnitt et un fant dat Heazken.

„Ker, dat soll hia ja dat Beste sein tun", spraacha un veasuuchte et, zuletzt abba futtate er et doch ganz auf, weisse.
Entzlich kam der heilige Petrus zurück un sachte:
„Weisse wat? Du kannz dat Lämmken alleine futtan, ich will nua dat Heazken davon, gibbet mich ma."

Da nahm Bruuda Lustich ne Gaabl unnen Zachl, tat, alz suuche er eifrich im Lammfleisch hearum, konnte dat Heazken abba nich findn machn; da sachta mitma kuazwech zum Petrus:
„Ker Kumpl, weisse nee, is keinz da hömma."

„Ja, wo isset denn?", sachte der Apostl.

„Hömma, dat weissich nich", antwoatete Bruuda lustich, „abba kumma, Ker wat sin wa beide füa Tottl, suuchn dat Heazken

23

vom Lammken un et fällt keinen von unz ein, dat Lämmas keine Heazkes haabm tun!"

„Ja nee, is klaa", spraach dea heilige Petrus, „dat is mich abba wat ganz Neuet, jedet Viech auffe Welt hat dochn Heazken, warum soll nen Lämmken denn kein Heazken haabm tun?"

„Hömma, dat isso mein Bruuda, nen Lämmken hat ebent kein Heazken, denk ma nua recht nach, so wiatz dich schonn einfalln tun, et hat im Eanzt keinz, dat kannze mich ruhich glaubm", spraach Bruuda Lustich."

„Ja nee, is schon gut, vagageian kannich mich alleine hömma", sachte Petrus, „is kein Heazken da, so brauch ich au nix vom Lämmken, du kannz et alleine vaputzn."

„Hömma, wat ich nich auffuttan kann, dat nehm ich in mein Ranzn mit," spraach Bruuda Lustich, futtate dat halbe Lämmke auf un steckte dat üübrige in seinen Ranzn, weisse.

Se laatschtn weita, da machte auf eima dea heilige Petrus, dattn mächtiget Wassa quea übba den Weech floß, un se hinduach laatschn musstn, da. sachte Petrus:
„Hömma Kumpl, geh du ma ruhich voaran."

„Nee," antwoatete Bruuda Lustich, „mamma voa un geh du selpz voaran" un dachte, „wenn dem dat Wassa zu tief is, so bleibich zurück, ich bin donnich Doof , weisse."

Da schritt dea heilige Petrus hinduach un dat Wassa ging ihm nua bis anne Knie. Nun wollte Bruuda Lustich eehmfallz hinduach laatschn, abba dat Wassa wuade imma größa un tiefa

un stiech ihm biss annem Halz, da riefa volla bange:
„Ker Kumpl, so helf mich domma, mich steht dat Wassa biss
anne Untakante vonne Untalippe."

Da sachte dea heilige Petrus:
„Ker, willze nich gestehn tun, datte dat Heazken gefuttat hass?"

„Nee hömma", antwoatete ihm Bruuda Lustich „ker, ich habbet
nich gespachtelt, weisse."

Da waad dat Wassa noch größa un tiefa un stiech ihn biss übba
de Schnüss, datta bald easaufm wüade.

„Ker, so helf mich doch Kumpl,"

rief der Soldaat, da sachte dea heilige Petrus nomma:
„Ker, willze nich doch gestehn tun, datte dat Heazken vonnem
Lämmken aufgefuttat hass?"

llustration: **Otto Ubbelohde** 1867 – 1922 (Bild-PD-alt)

25

„Nee", antwoatete Bruuda Lustich eaneut, „ich habbet ealich nich gefuttat."

Dea heilige Petrus wollte ihm abba nich easaufm lassn, ließ dat Wassa, wat Bruuda Lustich biss zua Schnüss stand, widda falln un hafl ihn hinüüba. Nun zoogn se weita inne Weltgeschichte umhea un kam innem Reich un höaatn, dat de Könichstochta steamskrank inne Poofe lääge un apkratzn müsse.

„Ker hömma Kumpl", spraach dea Soldaat zum heilign Petrus, „hömma, dat issn richtiga Fang füa unz, wennwa se widda gesund machn tun, so is unz auf ewige Zeitn geholfm, weisse."

Da wa Bruuda Lustich dea heilige Petrus nich gradeaus genuch un sachte zu ihm:
„Ker, heep de Kackstelzn Kumpl, dat wa noch zua rechtn Zeit hinkomm tun, nich datse unz voahea unta de Schüppm apnipplt."

Dea heilige Petrus hatte abba de Ruhe richtich wech, weisse,. Er laaschte ganz gemüütlich dahea un wuade imma langsama, Piepenschmatzn dachta sich, wie ihm Bruuda Lustich au triep un stieß, er waad nich schnella un alze entzlich höaatn, dat de Könichstochta inz Grass gebissn hätte un apgenipplt sei, spraach Bruuda Lustich:
„Ker siehsse, getz hamwa den Salaat, son Schisselameng, dat kommt nua von dein rumschluafm. Ey hömma, höasse mich nich?"

„Ker, haltz Maul", antwoatete dea heilige Petrus, „Hömma, weisse wat? Ich kann no mehr alz nua Koddrige gesund machn tun, ich kann au Toote widda zum Leehm eaweckn, weisse."

„Ja nee, is klaa", sachte Bruuda Lustich, „abba wennet stimm tut, so lassich et mich gut gefalln. Damit musse unz abba au wenichstenz dat halbe Könichreich mit vadien tun, weisse!?"

Darauf gingn se zum könichlichet Schlössken, wo allet in mächtich großa Traua wa; dea heilige Petrus abba quatschte zum Könich, datta de Tochta widda lebendich machn wüade. Da waata zu se gefüahrt un spraach dann:
„Hömma, brinkt mich ma nen Bottich mit Wassa!"

Un wieja gebracht waad, hieß Petrus jedamann hinauszugehn, nua Bruuda Lustich duafte bei ihm bleim. Dann schnitta alle Glieda vonne Tootn ap un waaf se inz Wassa, machte nen Feujaken untam Bottich un ließ se köchln. Un wie dat Fleisch vonne Knöchskes gefalln wa, nahma dat weisse Gebein hearaus, leechte et auf ne Taafl; er reihte et annenanda un leechte et nach seina natüalichn Oatnunk zusamm. Alz dat allet soweit geschehn wa, traata heavoa un quatschte dreima de Woate:
„Im Naahm dea allaheilichstn Dreifaltichkeit, du Toote, steh wacka auf."

Ker hömma, du glaupz et nich! Weisse wat? beim drittn ma eahop sich de Könichstochta un waad lebendich, gesund un sah schnieke aus. Nun waad der Könich voa Froide so gut drauf, datta zu Petrus spraach:
„Hömma Seega, begeahre dein Lohn un wennet mein halbet Könichreich is, so willich et dich geebm machn."

Der heilige Petrus antwoatete dem Könich:
„Ker, du muss mich nix geebm, ich valange nix dafüa, weisse."

„Boahr hat der ein am Kopp?" dachte Bruuda Lustich bei sich

27

un gaap sein Kameraadn ein Hiep inne Seite un sachte:
„Ker, seima nich son Trottl du Dussl, wennze nich willz, abba ich kannz brauchn hömma."

Dea heilige Pertus wollta abba paatu nix; doch weil dea Könich sah, dat dea andre geane wat wollte, ließa sein Schatzmeista komm un füllte Bruuda Lustichs Ranzn mit Gold. So zoogn se weita un wiese innem Wald kamen, sachte dea heilige Petrus:
„Soo! Getz wolln wa dat Gold teiln machn"

„Jau," antwoatete der Soldaat, „dat wolln wa machn tun"

Da teilte dea heilige Petrus dat Gold un teilte et in drei Teilkes. Bruuda Lustich glotzte nich blööd un dachte:
„Wat issn getz Ambach, hat dea Seega nen Sparren im Kopp, macht drei Teilkes, wowa do nua zweie sin."

Da spraach dea heilige Petrus:
„Siehsse, nun habbich gerecht geteilt, ein Teilken füa mich, ein Teilken füa dich un ein Teilken füa den, dea dat Heazken vom Lämmken gefuttat hat."

„Oh jaa hömma, weisse, dat habbich gefuttat", antwoatete Bruuda Lustich un strich sich wacka de Moneten ein, „ker, da kannze ein drauf lassn un mich ruhich glaubm, dat ich et wa."

Ja hömma, wie kann et den sein, dat dat wahr is, watte mich getz sachs", antwoatete dea heilige Petrus, „ein Lämmken hat do kein Heazken, weisse dat nich?!"

„Ach ker Kumpl," spraach Bruuda Lustich, „ich happ dich nua n´ bissken vanatzt weisse, au nen Lämmken hat natüalich nen

Heazken, so gut wie jeedet andre Viech, auffe vadammte Welt hömma! Ker, warum sollte denn son Lämmken keinz haabm?"

„Ja nee, is klaa, is schonn gut hömma", sachte dea heilige Petrus, behalt ma ruhich dat Gold füa dich allein un mach dich nochn töftet Leehm, abba ich bleip nich mehr bei dich un will mein Weech alleine gehn tun."

„Wieje willz Kumpl", antwoatete der Soldaat, „dann marret ma gut nä."

Dea heilige Petrus laatschte foat un Bruuda Lustich dachte: „Dat is gut, dat dea Seega entzlich aptraapt, et is mich doch n` wundalicha Heiliga."

Nun hatte er zwaa de Taschn volla Gold un Monetn, wusste abba nich damit umzugehn, weisse. Er vazockte un vaschenkte et un wie de Zeit um wa, hatte er widda nix auf Tasche. Dann kama innem Land, wo er höaate, dat da de Könichstochta apgenippelt sei un dachte: „Holla, de Waldfee! Ker, dat kann ja gut weadn, ich willse damma widda lebendich machn unz mich töfte lööhn lassn, wat so seine Aat hat, woll."

Laatschte also zum Könich un boot ihm an, sein vastoabenet Töchtaken widda zu eaweckn. Der Könich hatte schonn gehöaat, dat son apgedankta Soldaat inne Weltgeschichte umheaziehn tut un de Gestoabnen widda lebendich machn wüade un dachte, dat dat der Seega wär, doch weila kein großet Vatraun zu Bruuda Lustich hatte, fraachte zueast seine Rääte, se sachtn abba, er könne et waagn machn, da sein gelieptet Töchtaken, eh apgenipplt sei, vastehsse!? Also wa et geritzt un Bruuda Lustich ließ sich n´ Kessl mit Wassa bringn machn, hieß jedamann hinaus zu gehn, schnitt de Könichstochta de Glieda ap, waaf se inz Wassa un machte nen Feujaken drunna, graade so, wieja et beim heilign Petus apgeglotzt hatte. Dat Wassa fing am kochn un dat Fleisch fiel vonne Gliedas ap, da nahma dat Gebein hearaus un tat et auffe Taafl; ker hömma, er wusste abba nich, in welcha Oatnunk se lieegn musstn weisse un leechte allet vakeahrt un duachenanda hin. Dann stellte er sich davoa un spraach: „Im Naahm dea allaheilichstn Dreifaltichkeit, Toote, steh auf."

Hömma, er sachte dat dreima, abba de Gebeine vonne Tootn, machtn nichn Mucks, sich zu beweegn. Weil sich nix taat, quatschte er et noch dreima, abba et wa widda umsonz, weisse. „Hömma du Blitzmäädl, mach dich auf", riefa, „ker, mach hinne un steh auf. Oda tut et dich nich gut gehn tun?"

Ja hömma, wieja dat gesacht hatte, kam aufeima dea heilige Petrus in seina voarign Gestalt, alz vaapschiedeta Soldaat, duachn Fenstaken inz Kabüffke hinein un sachte: „Ker, du gottloosa Mensch, wat treipze hia füan Schintluuda, hasse ein am Kopp? Wat machsse denn füan Schisselameng un schmeißt dat Gebein duachenada, so kann doch kein Toota aufeastehn machn!"

„Ach Bruudaheaz, ich habbet doch nua so gemacht getan, wie ich et konnte hömma," antwoatete Bruuda Lustich.

„Hömma, diesma willich dich nomma ausse Scheiße holn, abba ich sach dich einz, wennze nomma sowatt untanimmz, nä, so bisse dein Leeptach unglückslich weisse, au daafse vom Könich nich dat Gerinkzte dafüa begeahrn un annehm tun, is dat klaa Kumpl?"

Darauf leechte dea heilige Petrus de Gebeine widda in rechta Oatnunk hin, wiese Gott irngswann ma zusammgeschnöakelt hatte un spraach:

„Im Naahm dea allaheilichstn Dreifaltichkeit, du Toote, steh wacka auf."

Ker hömma, du glaupz et nich! Weisse wat? beim drittn ma eahop sich de Könichstochta un waad lebendich, gesund un sah widda schnieke aus. Nun ging dea heilige Petrus widda duachs Fenstaken stifttn; Bruuda Lustich abba wa froh, dat et so töfte apgelaufm wa, hatte abba dochn bissken Brass, datta füarc Maloche nix entgeegn nehm duafte un dachte:

„Ker, ich möcht nua wissn, wat dea füa Mukkn im Kopp hat, denn watta mit eina Flosse gibbt, dat nimmta mitte andren Poote widda wech: ker, da is ebent kein Vastant drin, weisse."

Hömma, nun boot der Könich dem Bruuda Lustich an, watta au imma haabm wollte, abba er duafte ja nix nehm weisse, doch brachta et mit List un Anspielunk dahin, dat ihm der Könich seinen Ranzn mit Gold fülln ließ un damit zoocha ap. Alza hinaus kam, stan dea heilige Petrus voare Tüare un sachte:

„Ker, getz schauma watte füan Mensch biss, habbich dich nich vabootn, irngswat nehm zu tun un nun hasse den Ranzn volla Gold."

„Hömma, wat kann ich´n dafüa," antwoatete Bruuda Lustich, „wennet mich einfach reingesteckt wiad."

„Hömma, dat eine sarrich dich, datte nich zum zweitn ma soiche Dingas machs, sonz sollet dich nomma schlimm eagehn, vastehsse!?"

„Ach ker Bruuda, soach dich nich, getz habbich n´ Aasch voll Gold, wat sollich mich dennoch weita mit Knöckskes waschn apgeebm, weisse."

„Jaa, nee, is klaa hömma", spraach dea heilige Petrus, „dat Gold wiad lang dauan, bisse et vageicht hass! Damitte abba heanach nich widda ma auf Apweegn gehn tuhs, so willich dein Ranzn de Kraft geebm, dat allet, watte dich hineinwünschzt, au drinne sein soll, vastehsse. Mach gut nä, un du siehs mich nich mehr widda."

„Jau, Gott befohln," spraach Bruuda Lustich un dachte: „Ker, wat binnich froh, datte wechgehn tuhs, du wundalicha Kautz, ich will dich nich nachheuln machn."

Abba anne Wundakraft, die sein Ranzn valiehn wa, dachte Bruuda Lustich nich weita nach un zooch umme Welt. Bruuda Lustich laatschte mit seinem Gold umhea, vahuate un vazockte et widdarum, wie schon beim eastn ma. Alza nun nix mehr auf Tasche un nua noch vieaa Tackn hatte un der Ranzn leer wa, kama anne Kaschemme voabei un dachte:
„Ker, de Kohle muss wech, ich hau se auffm Kopp"

un ließ sich füa drei Tackn billign Fuusl un füa ein Tackn ne Knifte geebm.

Wieja da so saaß un süppelte, kam ihm der Geruch von gebraatnen Gänzkes innem Zinkn. Bruuda Lustich glotzte un kuckte un sah, dat dea olle Wiiat zwei Gänse inne Oofmröahre am stehn hatte. Da fiehl et ihn wie Schuppm vonne Klüüsn ein, dat sein Kumpl gesacht hatte: watta sich in sein Ranzn wünschn tut, dat sollte au drinne sein.

„Holla de Waldfee," dachta sich, „ker, dat mussich domma
vasuuchn,"
laaschte hinaus un voa der Tüare quatschte er:
„Soo, getz willich de beidn gebraatnen Gänzkes aussc Oofm in
mein Ranzn haabm un se mich veaschnabbuliean."

llustration: **Otto Ubbelohde** 1867 – 1922 (Bild-PD-alt)

Hömma, wieja dat gesacht hatte, schnallte er den Ranzn offm
un glotzte rein. Ker, weisse wat? Da laagn de beidn drinne un
er spraach:
„Jau, so isset recht, getz binnich n´ gemachta Keal,"
ging auf ne Wiese un holte den lekkrcn Braatn heavoa. Wieja
so beim Spachtln wa, kam so zwei Keale im Blaumann voabei
un saahn dat de eine Ganz, die nonnich angerüahrt wa, mit
hungrign Klüüsn an.

33

Da dachte der Bruuda Lustich bei sich: „Ker, mit eina hasse ja genuch, dann kannze de andre ja vaschenkn tun,"
un rief de beitn Buaschn bei sich bei un sachte:
„Kumma, hia happta wat, tut dat ma auf mein Gesundheit schnabbuliean."

Hömma, se bedanktn sich un laatschtn damit inz Wiiatzhaus, ließn sich ne halbe Pulle vom billign Fuusl un nen Kantn Brot komm, dann packtn se de geschänkte Ganz aus un fingn am futtan, de Wiiatin sah dat un sachte zu ihrn Olln:
„Hömma Männe, kumma de beidn futtan ne Ganz, glotz ma wacka nach, oppet nich eine von unsre ausse Oofmröahre is."

Der Wiat wetzte sofoat zum Oofm un sah, dat de Oofmröahre leer waun spraach:
„Ker, wat seita denn füa Halunkn, kommt hia rinn un stebitzt mich meine Gänzkes. Wat meinta denn, dat se hia füa Lau gibbt. Da happta euch abba geschnittn, entweeda lackta sofoat de Zeche, oda ich wead euch mittn Knüppl vadreschn."

De beidn glotztn east sich un dann den Wiiat an un spraachn:
„Hömma guta Mann, wia sin keine Halunkn, son apgedankta Soldaat hat unz beidn draußn dat Gänzke mit auffm Weech gegeebm."

„Ker hömma, veagageian kann ich mich alleine," antwoatete der Wiiat, „der Soldaat is hia geweesn un is alzn eahrlichn Seega ausse Kaschemme zua Tüar hinaus gegangn, auf dem habbich acht gegeebm. Komm seht zu datta Land gewinnt, lackt de Kohle füare Ganz, sonz is hia gleich Schicht im Schacht, wissta dat!?"

Da se de Zeche abba nich lackn konntn, nahm der Wiiat nen Knüppl un prüügelte se zua Tüar hinaus.

Bruuda Lustich hingeegn ging weita seina Weege un kam an sonnen Oat, wo nen prächtiget Schlössken am stehn wa un nich weit wech davon ne olle un schlechte Kaschemme. Er ging hinein un baat ummen Nachtlaaga, abba der Wiiat wies ihn ap un spraach:
„Hömma Kumpl, is leida keine Poofe frei, dat Häuske is volla voanehma Gäste weiss

Ilustration: **Otto Ubbelohde** 1867 – 1922 (Bild-PD-alt)

„Ker, dat soll mich abba wundan tun," spraach Bruuda Lustich, „datse zu Euch komm un nich inz prächtige Schlösske gehn tun."

„Ja weisse", antwoatete dea Wiiat, „et hat ebent wat an sich, doat ne Nacht liegn zu tun, wea et eima vasuucht hat, is nich lebendich widda rausgekomm."

„Ja nee, is klaa, wennz andre vasuucht haabm," sachte Bruuda Lustich, „so willichs au ma vasuuchn. Wat soll mich schonn schlimmet passiean tun?"

„Hömma, dat lass ma ruhich sein," spraach der Wiiat, „et geht Euch da so richtich am Kraagn, weisse."

„Ahwat," sachte Bruuda Lustich, „gipp mich ma wacka de Schlüssels un brav wat lekkret zu Futtan un zum Süppeln mit."

Nun gaap ihm der Wiiat de Schüssl un wat zu Mapfm un zu Süppln mit un damit laatschte Bruuda Lustich inz Schlösske, ließ sichs gut schmeckn un alza entzlich müde wa un ratzn wollte, leechte er sich auffe Eade, denn et wa keine Fuazmolle da. Er pennte au alzbald ein, abba inne Nacht wuade er vonnem mächtign Gepolta un Krach wach. Wieja sich umglotzte, saahra neun hässliche Deibl im Kabüffke stehn, se hattn nen Kreis um ihn gemacht un schwooftn um ihn hearum.
Da sachte Bruuda Lustch ganz locka:
„Hömma, schwooft ruhich so lang ihr wollt, abba kommt mich keina zu nahe, dann is hia abba Zappes inne Buude."

De Deibls drangn abba imma näha auf ihn ein un traatn ihn sogaa mit ihrn gaastign Porreepiepm fast inne Fresse.

„Ker, geht mich wech, ihr Deiblsgesindl,"
spraach Bruuda Lustich, abba se trieebms imma mehr weisse.
Da waad Bruuda Lustich böös un rief:

„Holla de Waldfee, ich will ma Ruhe stiftn!"

krichte irngswie nen Stuhlbein inne Poote un schluuch aus Leibetkräftn auf se ein. Abba neun Deibl geegn ein Soldaatn wa do zu ville weisse, denn wenna auffm voadren zuschluuch, so packtn ihn de andren von hintn beie Fussln am Kopp un rissn an ihm eabäahmlich hearum.

„Deiblspack," riefa, „getz is Schicht im Schacht hömma; abba waatet ma! Alle neune in mein Ranzn hinein!"

Husch, waan se alle drinnen un er schnallte ihn zu un waaf ihn inne Ecke. Ker, wa dat auf eima stikkum inne Hütte un Bruuda Lustich leechte sich am pennen, biss am näästn Moagn dea Lorenz aufging. Nun kam der Wiiat un der Eedlmann, dem dat Schlösske gehöate un wolltn seehn tun, oppa noch am leehm is un wie et ihm eagangn wäare; hömma, alze ihn gesund un munta eablicktn, eastauntn se un fraachtn ihn: „Ker hömma, haabm Euch denn de Geistas nix getan?"

„Nee hömma, warum solltn se denn?" antwoatete Bruuda Lustich, „ker, ich happse alle neune in mein Ranzn. Ihr könnt Euja Schlösske widda ganz ruhich bewohn machn, et wiad von nun an keine Sau vonne Deibls mehr hia auftauchn!"

Da dankte ihm der Eedlmann, beschenkte ihn reichlich un baat ihn, in seinen Dienstn bleibm zu tun, er wolle ihm auf sein Leeptach veasoagn.

„Nee," sachta, „ich binnen Hearumwandra un hap mich dranne gewööhnt, ich will ma de Biege machn un weitaziehn."

Dann laatschte Bruuda Lustich foat, traat in eina Schmiede ein un leechte den Ranzn auffn Amboß un baat den Schmied un seine Geselln zuzuschlaagn. Hömma, se schluugn mit mächtige Motteks un mit alln Kräftn auffm Ranzn ein, dat de Deibls darinnen nen eabäamlichet Geschreih von sich gaabm.

Wieja den Ranzn aufmachte hömma, waan achte tot, eina abba, dea inne Falte von Ranzn gesessn hatte, wa noch lebendich, hüppte hearaus un fuhr widda zua Hölle. Hömma, darauf zooch Bruuda Lustich noch lange inne Weltgeschichte umhea un wea et genau wüsste, könnte drübba noch einige Dönekes am eazähln tun.

Entzlich abba wuade er abba au oll un greiß un dachte an sein Ende, woha dann de Fott zukneifm wüade, da ginga zu nen Einsiedla, dea alzn fromma Seega bekannt wa un sachte:
„Ker hömma, ich bin oll un greiß un det Wandan müde, weisse un will nun trachtn inz Himmlreich zu komm."

Der Einsiedla antwoatete:
„Hömma Femda, da gibbet zwei Weege, dea eine is breit un angeneehm un füahrt inne Hölle, dea andre is eng un rauh un füahrt innen Himmlke, vastehsse."

„Ker, da müsstich ja nen Döskopp sein," dachte sich Bruuda Lustich, „wennich den engn un rauhn Weech geehn sollte."

Machte sich auffe Porreepiepm un laaatschte den breitn un angeneehm Weech un kam irngswann zu nen schwattet Toa un dat wa dat Toa zua Hölle. Bruuda Lustich kloppte an un der Toawächta illate umme Ecke, wea denn da son Radau am machn tut. Wieja abba Bruuda Lustich sah, easchraaka, denn et wa geraade dea neute Deibl, dea im Ranzn gesteckt hatte un mittn blaun Fletschauge davon gekomm wa, wennze dich eainnan tuhs, schoop wacka den Riegl widda davoa, ging zum Oobastn Deibl un sachte:

„Mein Herr un Meista, draussn issn Keal mittn Ranzn un will hinein, abba lasst den Seega beileibe nich rein, er wünscht sonz noch de ganze Hölle in sein Ranzn. Der Seega hatte mich beileibe daninne ma gaastich hämman lassn un ich konnte soebent mittn Fletschauge davon komm."

Et waad geruufm woadn, datta sich vapissn un wacka Land gewinn sollte, er kämeinne Hölle nich rein.

„Ja hömma, wenna nich wollt," dachta sich, „willich ma sehn tun, op ich im Himmelke Untakomm kann, irngswo mussich doch bleibm machn."

Machte sich kein Kopp, keahrt um un zoocha weita, bissa zum Himmlstoa kam, woha ankloppte. Dea heilige Petrus saaß grade auffm Boila un drückte sich auf Wolke sieem aus, alza feddich wa, eilte er wacka anz Himmlstoa un glotzte raus, wea da wäare. Bruuda Lustich eakannte ihn gleich widda un dachte: „Ker, hia fintze dein altn Kumpl widda, hia wiadz dich gut eagehn."

Abba dea heilige Petruch spraach:
„Hömma, ich glaube gaa, du willz hia innen Himmlke."

„Ach ker, lass mich do rein Brüüdaken, hömma, ich muss do ingswo einkeahrn tun; hättn se mich inne Hölle aufgenomm, so wäar ich hia gaa nich hingekomm."

„Dat kannze dich vonne Backe putzn", sachte dea hl. Petrus.

„Ker, du willz mich nich reinlassn, dann nimm au dein olln Ranzn widda: den willich dann au nich mehr von dich haabm tun," sachte Bruuda Lustich.

„Na gut, dann gipp hea", sachte Petrus.

Da reichte er ihm den Ranzn duachs Gitta hinein un der hl. Petrus nahm ihn entgeegn un hing ihn neebm sein Schesselong auf. Bruuda Lustich abba nich doof hömma sachte dann: „So, getz wünsch ich mich selpz in mein Ranzn hinein."

Husch, da waara drinne un saaß neehm Petrus im Himmlreich mit auffm Schesselong un dea heilige Petrus konnte nix geegm dat apgezockte Voagehn von Bruuda Lustich tun un musste ihn füa alle Zeit drinnen im Himmelken lassn.

Un de Moral vonnem Mäachen is;
Man muss nua apgezockt genuch sein, um innem Hillelken zu gelangn, weisse!

*** **ENDE** ***

Dat blaue Lichtken

Hömma, et wa eima nen oll Soldaat, dea hatte seinen Könich lange Jäahrchen treu gedient; alz abba der Kiech am Ende wa un der Soldaat, dea au mächtige Wundn davon getraagn hatte un zimmlich Koddrich im Gebälch wa, konnta sein olln Könich nich weita dien tun un da spraach dea Könich zu ihm: „Ey hömma, du kannz dich getz ma langsam vapissn, ich kann dich nich mehr brauchn tun; un weisse wat, Moneten krisse weita aunich von mia, denn Lohn eahält nua deajeene, welcha mich Dienste leistn tut, vastehsse!?"

Ker, da wusste dea Soldaat nich wovonna sein Leehm fristn sollte; da ginga volla Soagn foat un laatschte den ganzn Tach, bissa aahms innem Wald kam. Alz et finstre Nacht waad, da saahra nen Latüchte am funzeln, dea näahta er sich un kam zu ner olln Hütte, darinne wohnte abba ne Hexe, watta nich wusste.

„Hömma Alte, hasse ma nen Nachtlaaga un nen bissken wat zu Futtan un Süppln füa mich?" sachta se, „ich happ mächtich Kohldamf un vschmachte sonz, weisse."

„Oho," antwoatete se, „wea gippt denn nen vasoffnen Soldaat wat? Abba weisse wat, ich will ma baamheazich sein un dich bei mich aufnehm tun, wennze dat machn tuhs, wat ich von dich valange, weisse."

„Ja hömma, wat valakzte denn?" fraachte der Soldaat.

„Ja weisse, datte mich moagn mein Gaatn umgrääpz!"

Dea Soldaat willichte ein un maloochte den folgndn Tach aus volln Kräftn. Er konnte abba mitte Malooche, dieja von se aufgetraagn gekricht hatte, voa Aahmt nich feddich weadn, vastehsse?!

„Ker, ich seh wohl, datte heute nich ausse Puuschn kommz," sachte de Hexe, „drum willich dich noch ne Nacht bei mich lassn, dafüa musse mich abba moagn ne Rutsche Muttaklötzkes spaltn tun."

Hömma, der Soldaat brauchte dafüa widda nen ganzn Tach un aahms machte ihm de Hexe den Voaschlach, nonne weitre Nacht bei se zu bleim.

llustration: **Otto Ubbelohde** 1867 – 1922 (Bild-PD-alt)

„Hömma, du sollz mich moagn nua ne geringe Malooche tun",

sachte se, „hintam Kabachl is mich meine Latüchte innem olln wassaloosn Brunn gefalln; hömma, et is bläulich am brenn tun un et ealischt nich, dat sollze mich widda raufholn, weisse"

Am andren Tach füahrte de olle Hexe den Seega also zum besachtn Brunn un ließ ihn innem Koap nach untn. Er fant dat blaue Lichtken un machte se nen Zeichn, datta se hätte un se ihn hinaufziehn sollte. Se zooch ihn au inne Höhe, alza abba dem Rande det Brunns nahe wa, streckte se ihm de Poote entgeegn un wollte ihre blaue Latüchte apnehm.

„Nee is nich," sachta zu se un bemeakte ihre böösn Gedankns, „hömma de Funzl krisse nich eehea, alz biss ich mit beidn Flunkn widda festn Boodn unta de Maukn happ."

Ja hömma, da wuade de olle Hexe abba brääsich un ließ ihn widda runna innen Brunn falln un laatschte foat. Ker, zum Glück fiel der aame Soldaat, ohne Schaadn zu nehm, auffm feuchtn Boodn det Brunns un dat bläuliche Lichtken branne weita foat, abba et konnte ihm leida nich helfm machn, er sah wohl, datte dem Tod nich entgehn wüade.
Ker, da saaßa ne Weile ganz bedröppelt rum un griff zufällich inne Tasche vonne Jacke, da fanta seine Tabbakzpfeife, die noch halp gestoppt wa.

„Dat soll getz mein letztet Vagnüügn sein," dachta sich, zooch se hearaus, steckte se sich annem blaun Lichtken an un fing se am piefn.

Alz dea Qualm inne Höhe gezoogn wa, da stand auf eima nen mickriget schwattet Männeken voa ihm un fruuch ihn:
„Hömma, wat befiehlze mich mein Herr?"

„Ja hömma, wat habbich denn schon zu befehln," eawiedate dea Soldaat.

„Weisse, ich muss ebent allet machn tun," sachte dat schwatte Männeken, „ich mach allet watte von mich valankz, weisse."

„Na guut." sachte dea Soldaat, „dann tu mich zueast aussm Brunn helfm."

Dat Männken nahm ihn beie Flosse un füahrte ihm zu nen untaiadischn Gang, vagaaß abba nich, de bläuliche Funzl mitzenehm. Et zeichte ihm untaweechs de ganzn Schätze, die da inne Gruube waan un die de olle Hexe zusammgetraagn un da untn vasteckt hatte. Da schnappte sich der Soldaat so viel Gold un Eedlsteinkes, wieja schleppm konnte un laatschte weita, bisse widda oohm waan. Alza freudich dat Taageslicht eablickte sachta zu dem schwattn Männken:
„So, getz geh ma hinne un tu de olle Schabrake von Hexe de Klüüsn bindn un füahr se voa Gericht."

Hömma, et dauate nich lange, so kam de Hexe aufm schwatten wildn Kaata mit fuachtbaarn Geschrei un wacka wie der Wind voabeigerittn un et dauate eehmfallz nich lange, so wa dat schwatte Männken zurück un sachte:
„Et is allet ausgerichtet mein Herr, de oll Hexe hänkt schonn am Galgn, weisse. Hömma mein Herr, wat befielze mich getz no weita?" fruuch ihm der Mickrige.

„In Moment nix hömma," antwoatete dea Soldaat, „du kannz mitte Fott na Hause jockeln, abba sei nua gleich bei mich bei, wennich dich ruufm tu."

44

Antwoatete dat Männeken:

„Ker, dat is nich nötich, sowieje de Piepe beim blaun Lichtken anzündln tuhs, so steh ich dich geleich bei Fuß, weisse."

Darauf vaschwadt dat schwatte Männeken, so wacka wie et gekomm wa voa seine Glubschas. Dea Soldaat keahrte inne Stadt zurück, aus der er gekomm wa. Er laatschte inne beste Kaschemme am Platze un ließ sich de töftestn Plörren machn, dann befahla dem Wiiat, ihm nen schnukkliget un prächtiget Kabüffken einzurichtn un alz et feddich wa un der Soldaat sich drinne breit gemacht, da riefa dat schwatte Männeken zu sich un spraach:

„Hömma mein Froint, ich happ dem Könich guut gedient, abba er hat mich ohne Pinunsen foatgeschickt un mich hungan lassn, dafüa willich getz Rache nehm, vastehsse!?"

„Ker, wat soll ich tun," fraachte ihm sofoat der Mickrige.

„Späät aahms, wenn de Könichstochta inne Poofe am lieegn is un ratzn tut, so bring se mich hea, se soll Määchtedienste füa mich machn tun.

„Hömma," sachte dat Männeken, „ker, dat is füa mich ein leichtet weisse, abba füa dich isset n´ gefäahrlich Dingen. Ker, wenn dat hearauskomm tut, dann wiaded dich abba schlimm eagehn, vastehsse!?"

Alz et inne Nacht zwölwe geschlaang hatte, sprang de Tüare offin un dat Männcken truuch de Könichstochta hearein.

„Ah, du biss da," spraach der Soldaat, „damma frisch anne Malooche un tu den Beesn holn un keahr mich dat Kabüffken."

Alz de Schickse feddich wa, hieße se zum Schisselong zu komm, streckte se seine Quantn entgeegn un sachte: „Hömma, komma bei mich bei un tu mich de Stiefels aus",

llustration: **Otto Ubbelohde** 1867 – 1922 (Bild-PD-alt)

waaf se ihr inne Fresse un se musste se aufheebm, dann reinign un richtich glänzent machn. Hömma, se machte allet watta von ihr valankte, ohne nen Widdastreebm, ganz stikkum un mit halpgeschlossne Klüüsn. Am andren Moaagn, beim eastn Haahn
geschrei truuch dat Männeken de Schickse widda inz könichliche Schlössken un in ihre Fuazmolle zurück.
Alz de Könichstochta ausgepennt hatte un aufgestandn wa, laatschte se zu ihrm Vadda uneazählte ihm, datse wundaliche Träumkes hatte:
„Hömma Vadda," sachte se, „ich waad duache Straaßn mit Blitzesschnelle foatgeschleppt un innem Kabüffken vonnem Soldaat gebracht woadn, dem musste ich alz Maacht dien un aufwaatn un alle gemeine Malooche tun, ihm de Stuube keahrn un de Stieflkes putzn machn. Et wa zwaa nua nen Träumken, abba ich bin so müüde hömma, alz wennich wiaklich alz Putze untaweechs geweesn wär un allet getan hätte."

46

„Ker, weisse wat?" sachte dea Könich, „dat Träumken watte hattes könnte wahr geweesn sein. Ich will dich nen Rat geebm tun, steck dich de Taschn volla Eabsn un mach dich'n kleinet Löchsken inne Täsche, wiasse dann apgeholt, so falln se raus un hintalassn ne Spua auffe Straaße."

Alz dea Könich so am kwatschn wa, stand abba dat schwatte Männeken unsichbaa daneehm un höaate allet mit an. Inne Nacht, alza de pennende Könichstochta widda apholte un duache Straaßn truuch, da fieln zwaa einzlne Eabsn ausse Täsch auffm Boodn, abba se konntn kein Spua machn, weisse, denn dat hintalistige un gewitzte Männeken hatte voahea in alln Straaßn Eabskes veastreut un de Könichstochta musste widda biss zum Haahngeschrei de Määchtedienste machn tun. Hömma, der Könich ließ am folgndn Moaagn seine Leutz ausschickn un nache Spua suuchn machen, abba et wa vageeplich, denn in alln Straaßn saaßn de aam Blaagn un laasn de Eabskes auf un sachtn:
„Ach, isset nich töfte hömma, heute Nacht haddet Eabskes gereechnet."

„Ker, wattn Schisselameng," sachte dea Könich, „wia müssn uns wohl wat andret aussinnen, behalte einfach deine Schühkes an, wennze dich inne Poofe leechs un ehje du von doat zurückkeahrn tuhs, vastecke ein davon, ich willin schonn findn machn."

Dat schwatte Männeken hatte den Braatn gerochn un alz der Soldaat aahms valanktc, er solle de Könichstochta bringn tun, riefa et ihm ap un sachte zu dem, dat geegn de List det Könichs kein Kraut gewachsn sei un wenn man bei ihm dat Schühken findn wüade, so könne et ihm sehr schlimm eagehn.

„Ker tu dat, wat ich dich sach", eawiedate der Soldaat un de Könichtochta wuade geholt, um au inne drittn Nacht, wie ne Maacht zu maloochn; hömma, se vasteckte abba, ehe se zurückgetraagn wuade ihr Schühken unta de Fuazmolle.

Am andrem Moagn ließ dea Könich duach seine Lakain de ganze Stadt nachm Schühken seina Schickse suuchn machn; un der waad beim Soldaatn gefundn un der Soldaat selpz, der sich auf dat Bittn det mickrign Männekens hinaus gemacht hatte un stiftn ging, waad alzbald eingeholt un innem Back (Knast) gewoafm woadn. Abba er hatte sein Bestet auffe Flucht vagessn, dat blaue Lichtken un dat Gold hömma un hatte nua nochn Heijamann inne Täsch. Alza nun inne Kettn belastet am Fenstaken seinet Backs am stehn wa un hinausglozte, saahra einen von seie Kumpels voabeilaatschn. Er kloppte heftich anne Scheibe un alz der Seega heabeikam sachta zu dem: „Hömma Kumpl, sei so gut un hol mich mein kleinet Bündl ausse Kaschemme, wat ich da am lieegn gelassn hap, ich gipp dich dafüa nen Heijamann."

Der Kumpel lief wacka zua Kaschemme hin un brachte ihm dat Valankte un bekam sein Lohn. Alz der Soldaat widda allein wa, holte er seine Piepe raus, steckte se an un ließ dat schwatte Männeken komm machn.

„Sei ohne Fuacht," spraacha zu seinem Herrn, „geh da hin, wo se dich au hinfüahrn un lass allet gescheehn watse mit dich machn tun, abba nimm imma dat blaue Lichtken mit, denn sonz bisse aufgeschmissn un ich kann dich nich mehr helfm machn."

Am andren Tach waad übban Soldaat Gericht gehaltn un op gleicha nix Böset getan hatte, wuada zum Tode vauateilt.

Alza hinaus zum Galgn gefüahrt wuade, da baata dem Könich um ne letzte Gnaade un der Könich fruuch: „Hömma, wat willze denn? wat sollet denn sein? watte hasse denn füa Wünsche, hää?"

„Ja weisse? Ich will mich noch ne letzte Piepe auffm Weech qualmen machn."

„Ker hömma, tu watte nich lassn kannz, von mich aus kannze dich ruhich drei reinziehn," antwoatete dea Könich, „abba glaup ma nich, dat ich dich dat Lcchm schenkn tu, dat kannze dich vonne Backe putzn."

Da zooch der Soldaat seine Piepe hearaus un zündete se annem blaun Lichtken an un wieja nen paar Ringl vom Rauch inne Luft blies, so stand dat Männeken schonn parat un hatte nen Knüppl inne Flosse un spraach: „Hömma Herr, wat befiehlze mich?"

„Schlach mich de falschn Richta un seine Häscha zu Boodn un vaschone au den Könich nich, der mich auch sehr schlecht un misseraabl behandlt."

Da fuahr dat Männeken wien Blitz, zickzack, hin- un hea un wenn et mittn Knüppl jamandn nua anrüahrte, so fiela schon, wie'n schweara Sack auffm Boodn un keina getraute sich mehr zu reegn. Au dem Könich waad Angst un Bange, er hatte mächtich Muffmsausn un er leechte sich auf dat Bittn hin. Un um nua sein Lccbm zu behaltn, gaapa dem Soldaatn dat Reich un sein Töchtaken zur Olln, weisse.

*** ENDE ***

49

Dat Büale

Hömma, et wa eima innem Doaf, da leeptn nua reiche Bauan un nua eina vonne Konsoatn wa nen aama, den nanntn se alle dat Büale (Bäujaken). Er hatte nonimma ne eigne Kuh un au kaum Kneete auffe Tasche, um sich wat kaufm zu machn, abba er un seine Alsche hättn geane ne Kuh gehappt.
Einet Tachs sachte er zu seina Olsche:
„Hömma Olle, ich happm töftn Gedankn im Kopp. Ker weisse wat? da is donoch unsa Gevatta Schreina inne Mischpoke, dea soll unz nen Kalp aus Holz schnitzn machn un braun anpinsln, dat et ausehn tut, wie jedet andere. Mitte Zeit wiadet wohl groß un gippt ne Kuh, vastehsse!?"

Seina Olschn gefiehl der Gedanke töfte, weisse un der Gevatta Schreina, tat wat se wolltn un zimmate un hooblte ihnen dat Kalp zurecht.

Er pinselte et ihnen an, wie et sich füa son Kalp gehöate un machte et so, dat et seinen Deetz hearapscnkte, alz wüadet futtan machn. Wie de Kühe det andren Moangs ausgetrieebm wuadn, rief dat Büale den Hiatn Pedda hearan un spraach: „Ey kumma Pedda, da habbich'n Kälpken, abba dat is so mickrich un muss noch getraagn weadn, weisse."

Der Hiate sachte: „Ja nee, is klaa hömma."

Nahm et auf seinem Aam, truuch et hinaus auffe Weide un stellte et inz Grass. Dat Kälpken blicb imma anne selbm Stelle am stehn, wie einz wat futtan tut, weisse un der Hiate spraach: „Ach jaa, dat wiad alzbald von selba laufm tun, kumma eina, wie et schonn frißt."

Aahms, alza de Heade widda heimtreibm wolte, spraacha zum Kälpken: „Ker, wat kannze da so lange stehn tun un dich satt futtan. Hömma, so kannze au auf deine viiea Porreepiepm gehn machn, denn ich tu dich nich widda auffm Aam nehm un dich heim schleppm."

Dat aame Büale stant voare Haustüare un waatete auf sein Kälpken; alz nun der Kuhhiate de Viecha duachs Doaf triep un abba dat Kälpken vom Büale am fehln tat, fraachte er danach, wo et denn sei, Pedda dea Hiate antwoatete: „Ja hömma, dat is no imma draussn am fressn machn; ker, et wollte nich aufhöan un mitgehn tun, weisse!"

Dat aame Büale abba spraach: „Aah wat? Ker hömma, ich muss mein Viech widda haabm."

51

Da stiefeltn se beide los zua Weide wo dat Kälpken am stehn wa, abba et wa nich da, irngseina muss sich dat Vieh wohl untam Naagl gerissn haabm un der Kuhhiate spraach: „Ja weisse, et wiad sich wohl valaufm haabm."

Dat Büale antwoatete: „Dat kommt mia abba nich so voa!"

Er füahrte den den Hiatn voarem Schultheiß, der vadammte ihn füare Nachlässichkeit, so datta dem Büale füa dat entkommne Kälpken, einz von seine Kühe rausrückn musste, vastehsse!?"

Ker, getz hatte dat Büale un seine Olle de lange gewünschte Kuh; hömma, se freutn sichn Ast, abba se hattn kein Futta füa dat Vieh un konntn se nix zu fressn geebm, also musste se alzbald geschlachtet weadn. Dat Fleisch salztn se ein un dat Büale laatschte inne Stadt un wollte doat dat Fell vatickn, um vonnem Ealöß nen neujet Kälpken zu kaufm.

Untaweechs kaama anne Mühle voabei, da saaß'n Raabe mit gebrochnen Flügelkes, den naahma aus Eabaamen auf un wicklte ihn inz Fell. Weil abba son Usslwetta wa un et kräftich stüamte un am pläästan dranne wa, konnta nich weita, er keahrte inne Mühle ein un baat umme Heabeage.
De Müllarin wa allein zu Haus un sachte zum Büale: „Hömma komma rein un leech dich ma ruhich nieda auf dat Streu."

Se gaap ihn ne Kääseknifte un dat Büale pfleeetzte sich nieda, dat olle Fell neebm sich un kuaz danach dachte sich de Müllarin: „Ker, muss der Seega schachmatt sein, der is ja schonn voll am ratzn dranne."

Indessn kam der Pfaffe un kloppte anne Tüar, de Müllarin empfing ihn un spraach:

„Hömma, mein Olln is aus, da wolln wa unz ma nen bissken traktiean, woll."

Dat Büale hoachte auf un wieja wat von Traktiean höate, äagate er sich, datta sich nua mit ner Kääseknifte hatte voaliep neehm müssn. Da truuch de Müllarin heabei un truuch vielalei lekkre Klamottn auf, Braatn, Salat, Kuuchn un Fuusl. Wie se sich getz setzn un spachtln wolltn, kloppte et draußn un de Olle spraach:
„Ach du Scheiße, dat is mein Keal!"

Wacka vasteckte se den Braatn inne Oofmkachl, den Salat auffe Poofe, den Fuusl untam Koppkissn un den Kuuchn unta de Fuazmolle, den Pfaffm hingeegn, den vafrachtete se im Schrank auf den Hausehrn.
Danach machte se ihrn Keal de Tüare offm un spraach:
„Gottloop datte widda da biss! Ker, dat is ja nen Usslwetta, alz wüade de ganze Welt untagehn tun wolln, nä!"

Der oll Mülla sah den Büale auffm Streu am lieegn un fraachte:
„Hömma Olle, wat will denn der Seega hia?"

„Ach weisse," sachte se, „dat is ne aame Socke, der kam bei Wind un Wetta un baat umme Heabeage, da habbich den ne Kääseknifte gemacht un ihm auffet Streu vawieesn."

Da spraach der Mülla:
„Hömma, ich hap ja nix dageegn, weisse, abba mach ma wacka wat zu futtan un tu mich wat feinet auftischn, ich happ Kohldampf, vastehsse!"

De Müllarin spraach zu ihrn Seega:
„Hömma Olln, ich hap donnix aussa Kääsekniftn."

„Ach weisse wat," antwoatete der Mülla, „meinetweegn au Kääsekniftn, ich bin mit allm zufrieedn," sah dat Büale an un rief ihn zu:
„Komma bei mich bei un futta nomma mit mich mit."

Dat aame Büale ließ sich dat nich zweima saagn, stant wacka auf un futtate mit. Danach sah der oll Mülla dat Fell auffe Eade am lieegn, in dem der Raabe steckte un fruuch ihn:
„Ja hömma, wat haase denn da?"

Dat Büale antwoatete:
„Ja weisse, da habbich nen Waahrsaaga drinne."

„Ker, kanna mich au waahrsaagn tun?" sprach der Mülla.

„Abba sicha dat, warum nich," antwoatete dat Büale, „er sacht abba nua viiea Dinge, dat fünfte behälta füa sich, weisse."

Da waad der Mülla neugiearich gewoadn un spraach:
„Ja hömma, dann lassin ma wat waahrsaagn tun, woll!"

Da drückte dat Büale den Raabm auffm Kopp, datta kwaakte un "krr krr" sachte, da spraach dea Mülla:
„Ker, wat hatta denn getz gesacht?"

Antwoatate Büale:
„Hömma, eastenz hatta gesacht, et steckt ne Pulle Fuusl untam Koppkissn von deina Alschn"

„Ja nee, dat wäar ja det Kuckkuckz!" rief dea Mülla, ging zua Poofe, hoop dat Koppkissn hooch un fant ne Pulle billign Fuusl. Büale ließ den Raabm widda kwassln un sachte zum olln Mülla:
„Hömma Mülla, zweitenz sachta, et wäar au nochn Braatn inne Oofmkachl."

„Ja nee, dat wäar ja det Kuckkuckz!" rief dea Mülla, ging zua Oofmkachl un fant nen töfte gebrutscheltn Braatn.

Dat Büale ließ den Raaabm mehr weisssaagn un spraach:
„Hömma, drittenz hatta gesacht, et wäare nochn Salaat auffe Fuazmolle am stehn."

„Ja nee, dat wäar ja det Kuckkuckz!" rief dea Mülla, ging hin un fant nen töftn angemachtn Salaat auffe Molle.

Da drückte er den Raabm nomma datta knuarrte un spraach:
„Ja Mülla, weisse wat?" viieatenz sachta, et wäar noch nen lekkra Kuuchn unta de Poofe am stehn."

„Ja nee, dat wäar ja det Kuckkuckz!" rief dea Mülla, ging zua Poofe, glotzte drunna un fant nen lekkren un selpzgemachtn Kuuchn.

Nun setztn sich de zweie zusamm anz Tischken um zu spachteln, de Müllarin abba bekam Todesäänkzte, leechte sich auffe Poofe un naahm alle Schlüsselz an sich.
Hömma, dcr oll Mülla hätte abba au so gean dat fünfte Geheimnis gewusst, abba dat schlaue Büale spraach:
„Ker, getz lass unz do easma de viiea Dinge in ruhe futtan, denn dat fünfte is wohl wat Schlimmet, weisse."

So spachteltn se de Lekkarein un danach waad gehandelt, wieviel ihm der oll Mülla dafüa lackn sollte, so datse sich bei dreihunnat Taalas einich wuadn, da drückte Büale den Raabm nomma am Kopp, datta laut kwaakte.

Fraachte dea Mülla Büale neugiearich:

„Ja ker samma, wat hatta denn gesacht?"

Da antwoatete dat Büale:

„Hömma Mülla, mein Kumpl! Er hat gesacht, dat da draußn im Schrank auffm Hausehrn, dea Deibl drinne steckn tut."

Spraach dea Mülla: „Ker, dea Deibl muss hinaus"

un machte de Haustüar offm, de olle Müllarin musste abba voahea de Schlüsselkes rausrückn un dat Büale schloß dat Schränkske auffm Hausehrn auf. Da wetzte der Pfaffe wie vonne Tarantl gestochn davon un der Mülla spraach:

„Ker, ich hap den schwatten Keal mit mein eignen Klüüsn gesehn; hömma mein Froind, dat wa richtich, hia hasse de Monetn."

Dat Büale abba poofte noch ne Nacht beim Mülla auffm Heu un machte sich am andren Moagn mit dreihundat Talas aussm Staube. Als dat Büale zu Hause ankam, tat sich ihm dat allgemach auf un er baute sich nen schicket Häusken mit töftn Gaatn un de Bauan spraachn:

„Ker, dat Büale is gewiß da geweesn, wo dea goldne Schnee am falln is un man de Penunsn mitte Schüppe scheffln tut un na Hause traagn kann."

Da waad dat Büale voam Schultheiß befoohln, er sollte ma ausquatschn tun, wohea sein Reichtum käme, da antwoatete et:

„Ja ker hömma, ich hap mein Kuhfell füa dreihunnat Talas inne Stadt vascheabelt."

Alz de andren Bauans dat höaatn, wolltn se au Reibach machn un den großn Voateil genießn, feckeltn wacka heim, schluugn all ihre Kühe tot un zoogn mitte Felle ap inne Stadt un wolltn se mit mächtich Gewinn veascheuan tun.
Dea Schultheiß spraach:
„Wissta wat? Meine Maacht muss abba voaranngehn tun."

Abba alz diese zum Kaufmann inne Stadt kam, gaapa ihr abba nich mehr wie drei Talas füa jedet Fell; un alz de andren ankamen, gaapa ihnen nich ma mehr soviel Monetn un sachte: „Ker, happta ein anne Kappe, wat sollich denn getz mitte ganzn Felle anfangn tun, abba getz siehta eure wechschwimm, nä?"

Nun hattn de Bauans den Kaffee auf, äagatn sich nen Wolf, datse vom Büale hintat Lichtken gefüahrt wuadn un wolltn an ihm Rache neehm tun un se vaklaachtn ihm det Betruuchs beim Schultheiß an.
Dat aame un unschuldige Büale waad einstimmich zum Tode vauateilt un sollte in nem löchtign Fäßken inz Wassa vonne Ruhr gerollt weadn. Büale waad hinausgefüahrt un auffe Halde gebracht, nen Pfaffe wuade zu ihm zua Seite gestellt, der ihm de Seelnmesse leesn sollte.
De andren musstn sich alle vapissn un de Biege machn un wie dat Büale den Geistlichn anglotzte, so eakannte er den olln Pfaffm, der beie Müllarin schön Wetta machte un mit ihn nen Fistanönchen hielt un spraach zu ihm:
„Hömma, ich hap Euch beim Mülla aussm Schrank befreit, getz befreit mich hia aussm Fäßken, ihr seit mich wat schuldich, weisse."

Nun trieep gerade nen Schääfa ne große Heade Schaafe dahea, von dem dat kluuge Büale wusste, datta seithea imma schonn gern Schultheiß gewoadn wäare, da schrieja aus alln Kräftn: „Ker, ich tu dat nich! Au wennz de ganze vadammte Welt haabm wollte, nee hömma, ich tu dat nich!"

Ilustration: **Otto Ubbelohde** 1867 – 1922 (Bild-PD-alt)

Dea Schääfa, höaate dat, kam heabei un fruuch dat aame Büale: „Samma, wat hasse voa? Wat willze nich machn tun?"

„Ja weisse, se wolln mich zum Schultheiß machn, wennich mich inz Fäßken setz, abba ich mach dat nich, weisse," antwoatete Büale.

„Ach ker, wennz weita nichts is um Schultheiß zu weadn, wollt ich mich gleich inz Fäßken setztn hömma," sachte der Schääfa un dat Büale antwoatete: „Hömma, willze du dich reinzetzn tun, dann wiasse au Schultheiß, weisse!"

Dea Schääfa wa zufrieedn un hatte voll Bock hinein zu steign, er setzte sich inz Fäßken un Büale haute mit Wucht wacka den

Deckl drauf, dann nahm et der Heade det Schääfas füa sich un triep de Viecha foat. Der Pfaffe ging zua Gemeinde un sachte, dat de Seelnmesse geleesn sei. Da kamen sie alle zusamm un rolltn dat Fäßken de Halde runna in Richtunk vonne Ruhr. Alz dat Fäßken am rollen anfink, rief der Schääfa: „Jau ey, et is soweit, ich will geane Schultheiß weadn."

De Leutz glauptn, dat et Büale is, dea am schrein tut un sachtn: „Ja hömma, dat tun wa wohl au meinen tun, abba east sollze dich da untn umsehn machn."

Se rolltn dat Fäßken vonne Halde runna inne Ruhr rein. Darauf laatschtn de Bauan heim un wiese inz Doaf kamen, so kam au dat apgezockte Büale inne Stadt dahea, triep ne Heade Sachaafe ruhich voa sich hea un waad voll zufrieedn.
Da eastauntn un eastarrtn de Bauan un sachtn zu Büale: „Ker Büale, wo kommze wech? samma, kommze ausse Ruhr?"

„Abba sicha dat," antwoatete Büale, „hömma ich bin vasunkn, tief, tief, ganz tief, biss auffe Mocke un alz ich entzlich auf Grund kam, stieß ich mittn Flunkn den Boodn det Fäßkens offm un kroch heavoa. Hömma, da waan töfte Wieesn, auf den de bestn Lämmkes weiden, davon brachte ich ne Heade mit!?"

De Bauan glotztn vadutzt un fruugn dat apgezockte Büale: „Samma, sin no mehr Lämmkes da?"

„Ja sicha dat, ker mehr alza brauchn un zähln könnt hömma."

Da vaapreedetn sich de Bauansleutz, datse sich au Schaafe holn wolltn, jeeda ne eigne Heade; dea Schultheiß abba sachte: „Ker hömma, ich komm abba zueast anne Reihe, woll."

Nun gingn se zusamm zum Wassa anne Ruhr, da standn graade oohm am blaun Himmlken kleine Flocknwölkskes, die man au Lämmachen nannte un se spiegltn sich im Wassa ap, da riefm de Bauan:

„Kumma, wir sehn schonn de Schääfkes untn auffm Grund."

Der Schultheiß dränkte sich voa un sachte:
„Ker, getz gehma anne Seite un lass mich alz eastn runna un mich umsehn tun; un wennich untn bin un et gut is, willich euch ruufm machn."

Da hüppte der Schulz hinein, „plump" klang et im Wassa. De Bauan abba meintn nix andret, alz er riefe: „Kommt rein" un der ganze Haufm stüazte sich inne Hast un Eile hinter ihm hea un rein in den Tod. Da waad dat ganze Doaf ausgestoabm un Büale alz der einzigzte Eabe, getz nen reicha Seega, weisse.

lustration: **Otto Ubbelohde** 1867 – 1922 (Bild-PD-alt)

*** **ENDE** ***

Dat Eadmänneken

Hömma, ingswo im Ruhapott leepte ma nen reicha Könich un dea Krösus hatte drei Schicksn alz Blaagn, se laatschtn alle Taage innem Schlossgaatn zum Spazieangehn machn; un dea Könich, dea nen große Liephaaba un Froind von allahand schniecke Bäumkes wa, liepte nen ganz bestimmtn besondas, weisse. So dat dea Könich demjeenen, dea et waacht, nen Appl davon zu stibitzn, hundat Klafta tief unta de Eade wünschte.

lustration: **Otto Ubbelohde** 1867 – 1922 (Bild-PD-alt)

Alz et Heapzt waad, da waan de Äppel am Bäumke so root wie Blut un drei Schicksn gingn alle Taage unta dat Bäumke un glotztn, op vom Wind nichn Appl runnagefaln wäar, abba dat wa bei Leeptach nich der Fall, opwohl dat Bäumke so volla Äppelz wa un de Zweigskes so tief runnahingn, alz op se brechn wüadn, vastehsse!? Ker hömma, de gelüsste vonne jüngstn Könichstochta waan so gewaltich un iha Kohldamf so

mächtich auffe Äppel, datse zu ihra Schwesta sachte:
„Ker hömma Schwestaken, unsa Vadda hat unz doch viel zu
liep, alz datta unz vawünschn wüade; ich glaup, dat sachta nua
weegn de fremdn Leutz."

Und dat Blaach pflückte sich ein ganz dickn Appl ap un hüppte
voare Schwesta hea un sachte zu se:
„Ah, nun tu auma schmeckn, liebet Schwestalein, ker ich happ
mein Leeptach nonnie sowat töftet gefuttat."

Ker hömma, da bissn de beidn andren Könichstöchta au innen
Appl rein un da vasankn se alle dreije tief unta de Eade, dat
kein Hahn mehr nach se kräähn tat. Alz et nun Mittach waad,
da wollte dea Könich seine Schicksn zu Tische ruufm, abba se
waan niangswo zu finden, weisse. Er suchte se übbaall, im
Schlösske, im Gaatn, abba er konnte se nich finden tun. Da
waad er abba sehr bedröpplt un ließ den ganzn Pott aufbietn un
dea, dea ihm seine Schicksn widdabrächte, dea solle eine
davon zua Olschen aussuuchn un se heiraatn machn. Da gingn
nun so viele junge Leutz übbas Feld un suuchtn mit alln Kräftn
un übba alla Maaße, denn jeeda hatte de Blaagn det Könichs
gean gehappt, weilse zu jeedamann so freundzlich un au so
töfte von Angesicht geweesn waan, weisse.

Hömma, et zoogn au drei Jäägabuaschn aus un opwohl se
schonn übba acht Taage gewandat waan, fandn se se nich, da
kamen se zu nem mächtiget Schlössken. Ker, da waan so
schnieke Stuubm drinne un im einen Kabüffken wa nen Tisch
gedeckt, drauf waan so süße Lekkarein am stehn un waan noch
waam un dampftn; abba innem ganzn Schlösske wa keine Sau
weeda zu höaan, noch zu seehn. Se waatetn nochn halbm Tach
un de Lekkarein blieebm imma waam un am dampfm; doch

dann bekamen se Kohldampf, datse ich anz Tischken setztn un mit mächtign Appetit allet auffuttatn. Se machtn mittenanda aus, datse im Schlössken am wohn blieebm un wolltn nun darum loosn, dat eina him Hause bleibe un de andren beidn nache Schicksn suuchn solltn.

Weisse wat? Dat taatn se au un dat Los traaf den ältestn. Am näästn Tach gingn de zwei jüngstn Bengels auffe Suuche un der ältste musste zu Hause bleim un Klaaschiff machn. Am Mittwoch kam son mickriget Männeken, dat um nen Kantn Broot baat. Da nahm dea ältste vonnem Broot, wat da am lieegn wa un schnitt dem Männeken ne Knifte ap un wollte et ihm geebm tun. Er reichte et dem Männeken hin, doch der ließ dat Stücksken einfach falln un un sachte zum Jäägasbuaschn, er solle et aufheebm machn un ihm geebm tun.

Hömma, dat wollte dea au tun, bückte sich, abba da nahm dat mickrige Männeken ne Ruute, pachte ihn beie Zottln un gaap ihn nen mächtign aaschvoll auffe Fott, so dat der Aasch Kiiames hatte, weisse. Hömma, am näästn Tach is dea zweite Bengl zu Hause geblieem, ja hömma, dem eaginget nich viel bessa, weisse. Alz de andren beidn widda na Hause kamen da sachte dea ältste zu se:
„Na, wat geht hömma, wie isset, allet Paletti?"

„Ach ker weisse, mich isset nich so gut eagangn!"

Da klaachtn se einada de Not, wat so apgegan is, abba den jüngstn sachtn se kein Steabmswoat davon, denn den konntn se beide nich leidn tun un hattn zu ihm imma dat dumme Hänsken gesacht, weila nich sondalich weltkluuch un gescheit inne Biiane wa.

Am drittn Tach bliep dann dea jüngste Bengl auffm Schlösske; hömma, au da easchien dat mickrige Männeken widda un bettelte um nen Stücksken Broot. Un wieja ihm et so gegeebm hatte, ließ et dat Männeken widda falln un sachte zum jüngstn, er möchte doch´n töftn Seega sein un ihm de Knifte aufheebm un widddageebm. Da sachte Hänsken zu dem mickrign: „Hömma wat sollich? Ey ich bin donnich dein Hanzwuast? Kannze dat nich selba? Gibbze dich um deine täächliche Nahrunk nich eima Mühe, dann bisse et nich weat un bei mich anne richtgen Stelle, weisse."

lustration: **Otto Ubbelohde** 1867 – 1922 (Bild-PD-alt)

64

Hömma, da waad dat mickrige Männeken abba aag grantich un bööse auf Hänsken un sachte, er müsse dat machn; Hänsken abba nich faul weisse, nahm dat mickrige Männeken un vasohlte ihm den Aasch nach Strich un Faadn. Da schrie dat Männeken dat ganze Schlösske zusamm un rief: „Ker, hööa auf! Ker, hööa auf! un lass mich los, dann willich dich saagn tun, wo de drei Könichstöchtakes sin."

Hömma, wie Hänsken dat höaate, schluucha ihm nich mehr un dat Männeke kwatschte aus einem Guss, datta doch nua nen Eadmänneken sei un soiche wie ihm, gääbe et mehr alz tausende inne Gruube, er möcht mit ihn gehn tun un ihm zeign wo se wäarn. Hömma, se laatschtn zun Brunn' in dem kein Troppm Wassa mehr drinne wa. Un da sachte dat Männeken, et wisse wohl, dat seine Geselln et nich äahrlich mit ihn meintn un wenna de Könichstöchtas ealöösn wolle, dann müsse er et alleine machn tun, vastehsse!?

Hömma, de beidn andren Brüüda wolltn zwaa au gean de Könichstöchtas widdahaabm, abba se wolltn sich detweegn keinalei Mühn un Gefaahrn untaziehn, weisse.
Um de Töchtas zu ealöösn, müsse dea jüngste nen grooßn Koap nehm, sich mit nem Hiiaschfänga un nea Schelle hineinstzn un sich runnawindn lassn tun. Untn seien drei Zimmakes; in jeedm hocke ne Könichstocha un haabe nen Drachn mit vieln Köppm zu krauln: deenen müsse er alle Köppe apschlaagn, dann könnte er de Könichstöchta befrein machn. Hömma, alz dat Eadmänneken dat gesacht hatte, vapissle el sich wacka un vcaschwand. Alz et Aahmt wa, da kamen de beidn Brüüdas zu Hause un fraachtn ihn ganz doof, wie et ihm eagangn sei. Da sachte der jüngste zu se: „Ach weisse, ganz gut hömma."

65

Er haabe inne Zeit kein Menschn geseehn, aussa am Mittach, da sei son mickriget Männeken voabeigekomm, wat ummen Stücksken Broot baat un alza et ihn gegeebm hatte, ließ dat Mäneken et falln un sachte, datta et widda aufheebm soll. Un wieja dat nich tun wollte, da fing et an ihm zu drohn; dat abba vastanta alz unrecht un vaprüügelte dat Männeken; da haabe et ihm ausgequatscht, wo de Könichstöchtas wään. Hömma, dat äagate de beidn andren Jäägasbuaschn, datse gelp un grüün wuadn, dat kannze mich ruhich glaubm.

Am näästn Moagn da gingn se zusamm zuren Brunn hin un machtn Loose, wea sich zueast innen Koap setztn sollte. Dat Los fiel aufm ältstn, er musste sich hinsetzn un de Schelle mitnehm tun. Da sachta zure Brüüdas:

„Hömma, wenn ich schelln tu, müssta mich abba wacka widda raufwindn machn, nä."

Ker, er wa nua ganz kuaz untn, da schellte et schonn un de zwei wandn ihn wacka hoch. Dann setzte sich dea zweite innen Koap; hömma, dea machte et genauso, weisse. Nun kam de Reihe annem jüngstn, dea sich ganz runnawindn ließ. Alza aussm Koap gestiegn wa, nahma sein Hiiaschfänga inne Flosse, laaschte zua eastn Tüar un lauschte: da höaate er den Drachn am ratzn un ganz laut schnaachn. Er machte ganz stikkum un langsam de Tüare offm; da saaß ne Könichstochta, se hatte auf iham Schooß neun Drachnköppe am liegn, diese am krauln wa, Da nahma sein Hiiaschfänga un hiep zu un alle neun Köppe waan ap. Hömma, de Könichstochta sprang auf, fiel ihm ummen Halz un knuuschte ihn von Heazn; dann nahmse den Schmuck, dense auffe Tittelatur truuch un dea vom golde wa un hänkte ihm den jüngstn um. Da ginga au zua zweitn Könichstochta, die nen Drachn mit sieem Köppe auffm Schooß am liegn hatte un krauln musste un ealööste se auch.

66

Ker hömma, au de jüngste ealööste er, se hatte nen Drachn mitt vieaa Köppe zum krauln am lieegn.

De drei Schwestans umaamtn un knuuschtn sich volla Froide, ohne ma aufzehöaan, weisse. Nun schellte der jüngste Bruuda draufhin so laut, bisse et höaatn, weisse. Dann setzte er de Könichstöchtas nachenanda innen Koap un ließ se alle dreie raufhieefm. Ker hömma, abba wieja selpz anne Reihe dranne wa, da falln ihm de Woate det Eadmännekens widda ein, dat et seine Geselln nich gut mit ihm mein tun.

Da nahma nen Kawenzmann von Steinken, dea da auffe Eade laach un leechte den innem Koap. Hömma, abba alz der Koap mittn Kawenzmann biss etwa inne Mitte vom Schacht raufgehieeft wa, ker, da schnittn de falschn Brüüdas oohm dat Seil mittn Zachl duach, dat der Koap mittn Kawenzmann aufffm Grund fiel un se meintn, datta getz wohl tot wäare. Dann liefm se mitte drei Könichstöchtas foat un de Schicksn ließn sich belaatschan, datse ihrn Altn saagn solltn, dat de beidn älstn se ealööst hättn.

So kamen se zum Könich, un weisse wat, ein jeeda vonne Jäägabengls begeahrte eine vonne Könichstöchtas zu Olschn. Weisse Bescheit?! Untades ging der jüngste Jäägabuasche ganz bedröpplt inne drei Kabüffkes umhea un dachte; datta getz wohl den Löffl apgeehm un steabm müsse. Abba da saahra anne Wand ne Flööte am hängn tun un sachte zu sich: „Ey, wat hängse da so rum? Hia kamman nich lollich sein!"

Er glotzte sich de Drachnköppe an un sachte dann: „Ker, ihr könnt mich ja au nich helfm machn!"

Er ging de ganze Zeit auf un ap spaziean, dat der Eadboodn duach dat laatschn ganz glatt waad. Auf eima, da krichte er et im Kopp un dachte an dat Eadmänneken, nahm de Flööte vonne Wand un blies hinein; hömma, un bei jeedn Ton, deena blies, kam ein Eadmänneken heavoa. Weisse wat, er blies so lange, biss dat ganze Kabüffken volla mickrign Keale wa. Hömma, da fraachtn se alle, wat sein Begeahrn wäare, da sachte er, datta widda nach oohm anz Taageslicht wolle un kein Bock auf unta Taage hätte. Da packtn se sich alle anne Kopphäachen un se floogn nach oohm auffe Eade hinauf.

Hömma, wieja oohm wa, laatschte er gleich zum Schlössken hin, wo graade de Hochzeit mitte Könichstöchtatas am Gange wa; er ging auf dat Kabüffken, wo dea Könich mit seine drei Schicksn am sitzn wa. Ker, wie ihm da de Schicksn saahn, da wuadn se oohnmächtich. Ker, da waad der Könich abba ächt brassich un ließ ihn gleich auffe Stelle innem Knast weafm, weila meinte, er hätte seine Blaagn nen Leid angetan. Abba alz de Könichstöchtas widda zu sich gekommen waan, da baatn se ihrn Vadda, er mööge den jüngstn widda freilassn.
Dea Könich fraachte se warum un wat Ambach wäar, abba de Blaagn sachtn ihm, datse dat nich eazähln düaftn. Ker, der Könich wa kein Dussl un sachte zur Schicksn, datse dat dem Oofm eazähln solltn un ging raus, abba er lauschte anne Tüar un höaate allet. Da ließe de beidn Brüüdas annem Galgn aufknöppm un dem jüngstn gaapa dat jüngste Töchtaken zua Frau un se wuade seine Olsche.

Se leeptn mit viel Froide un volla Liebe ne ganz lange Zeit un bekamen zehn Blaagn, weisse Bescheit, nä!!

ENDE

Dat trällande, hüppende Lööwnäckachen

Hömma, et wa eima n´ Seega, dea hatte ne große Reise voa un wollte ma auf Trallafitti gehn un beim Apschied fruucha seine drei Töchtakes, watta se denn mitbringn solle. Da wollte de älste Pealn, de zweite Diamantn, de dritte im Bunda abba spraach zum Vadda:

„Hömma mein lieba Vadda, ich wünsch mich n´ trällandet, hüppendet Lööwnäckachen." (Weisse, dat is ne Leache, also nen Vögelken, damitte Bescheit weiss, nä).

Da antwoatete der Vadda:
„Jau, wennich einz krich, kannze et haabm."

Knuutschte alle drei Schicksn ap un zooch foat inne weite Welt. Alz nun de Zeit kam, datta sich widda auffm Heimweech machte, da hatte er de Pealn un de Diamantn für de beidn älstn Schicksn gekauft, abba er hatte dat trällande un hüppende Lööwnäckachen füa de jünkzte Schickse nich findn könn, egaal woha au gesuucht hatte un et tat ihn sowatt von leid weisse, denn et wa ja sein liepztet Blaach.

Da füahrte ihn der Weech duach nen Wald un mittn drinn wa n´ prächtiget Schlössken am stehn un nahe dem Schloß stand nen Bäumken un ganz oohm auffe Spitze, da saaß n´ Lööwnäckachen am trällan un hüppte.

„Ei jo, du kommz mich graade recht," sachte dea Seega veagnüücht un rief sein Diena heabei, er solle hinafklettan un dat Viech fangn machn. Wieja abba zum Bäumken traat, da sprank nen Lööwe, dea darunna laach auf, er schüttlte sich un brüllte, dat dat Laup anna Bäumkes nua so zittate.

„Hömma, wea mich mein trällandet un hüppendet Lööwn-äckachen stebitzn will," riefa, „den fressich mit Haut un Haare auf."

Da spraach dea Seega:
„Ker ich happ ja nich gewusst, datte nen Vogel hass; hömma ich will mein Unrecht widda gut machn tun un mich mit schwearem Gold looskaufm, nua bitte, lass mich am leebm machn."

Da spraach dea Lööwe:
„Nee nee hömma, dich kann nix rettn tun, nua wennze mich zu eign vasprichss, wat dich daheim zueast begeechnen tut; hömma un willze dat tun, so schenk ich dich dein Leehm un dat Vögelke füa dein Töchtaken oohmdrein, vastehsse!?"

Dea Seega übbalechte, abba weigate sich un sachte:
„Ker nee, dat kannze dich vonne Backe putzn, dat könnte mein jünkztet un liepztet Töchtaken sein, denn se hat mich am liepztn un läuft mich imma entgeegn, wennich na Hause komm tu, weisse."

Dem Diena wa Ankzt un Bange, ihm ging der Stift innee Fott un sachte:
„Ker mein Herr, muss Euch denn gleich euja Töchtaken begeechnen, et könnt ja au nen Dachhaase oda de Tööle sein."

Hömma, da ließ sich dea Seega übbareedn, nahm dat trällande, hüppende Lööwnäckachen mit un vaspraach dem Lööwn zu eign, wat ihm zueast daheim begeechnen wüad. Hömma, wieja daheim anlankte un in sein Kabachl eintraat, wa dat easte, wat ihm begeechnette, niemand andret alz sein jünkztet un geliepten

Töchtaken; se kam wacka angewetzt, hüppte ihn inne Aame un knutschte ihn nach heazenzlust ap. Un alz se sah, datta ihr nen trällandet, hüppendet Lööwnäckachen mitgebracht hatte, wa se aussa sich voa Froide un machte ne Runde Kisslköppa, vastehsse. Der Vadda abba konnte sich nich freun machn, er wa bedröpplt un fing am heuln un sachte:

„Ker hömma, mein liebet Töchtaken, dat Vögelke habbich teuja gekauft, ich hap dich dafüa nen wildn Lööwn vapréchn müssn, weisse un wenna dich hat, dann wiata dich zeareissn un veaspachtln tun, vastehsse"

un er eazählte ihr allet, wie et sich zugetraagn hatte un baat se nich zum Lööwn hinzugehn, möchte au komm wat wolle.

Dat Töchtaken abba trööstete ihrn Vadda un spraach:

„Ach, liepzta Vadda, watta vasprochn happt, muss au gehaltn weadn; ich will hingehn tun un den Lööwn schon besänftign zu wissn, dat ich widda gesund un munta zu Euch zurück komme, weisse."

Am andren Moagn ließ se sich den Weech zeign machn, nahm Apschiet vom Vadda un ihre Schweatan un laatschte getroost innen Wald hinein.

Hömma, dea Lööwe wa in wiaklichkeit nen vazaubata Könichssohn, der bei Tach nen Lööwe un inne Nacht abba, seine natüaliche menschliche Gestalt annahm, vastehsse!? Beie Ankunft wa de Schickse vom Lööwn freundzlich empfangn un in dat Schlösske gefüahrt woadn. Alz de Nacht kam, waad dea Lööwe innen schniekn Prinz vawandlt un et wuad sofoat mitte Schickse in volla Pracht de Hochzeit gehaltn un geheiraatet. Hömma, se leeptn zusamm völlich vagnüücht mittenanda, se wachtn inne Nacht un penntn am Taage.

Zu eina Zeit kamama zu se hin un sachte:

„Hömma meine Liepzte, moagn is ne Paddy in deinet Vaddas Kabachl, weil dein älztet Schwästaken sich vaheiraatn tut un wennze Bock hass zu se hinzugehn, so solln dich meine Lööwn begleitn machn."

Da sachte se:
„Jau, dat is ne töfte Idee, ich möcht gean mein Vadda un meine Schwestans widdasehn un mit se nen schönet Fest feijan."

Se fuhr am nästn Tach hin un wa vonne Lööwn begleitet. Hömma, wat wa de Froide groß, alz se ankam, denn se hattn ja geglaupt, se wäare vonne Lööwn zearissn woadn un schonn lange nich mehr am leebm, weisse. Se kwatschte de ganze Zeit un sachte wat se füan nen schniekn Seega zum Olln hätte un wie gut et ihr doch ginge un se bliep so lange, wie de Hochzeit det Schwestakens dauaute un dann fuhr se widda innen Wald.
Wie dat zweite Schwestaken unta de Fittiche kam un Hochzeit hielt, waad se widda eingelaadn, da spraach se zum Lööwn:
„Ker hömma, diesma willich nich widda allein sein, du muss mitgehn tun."

Der Lööwe abba sachte, dat ihn dat zu gefäahrlich wäare, denn wenn ihn doat nen Straahl von nem brennden Lichtken berüahrte, so wüade er innem Täubken vawandlt weadn un müsste sieem Jäahrchen lang mitte Duuwn umme dreckige Welt flieegn machn.

„Ach ker nee," sachte se, „komm geh mich wech. Komma lieba bei mich bei un geh mit mich; ich will dich schon behüütn machn un voa allem Lichtken bewaahrn tun."

Also zoogn se gemeinsam un nahmen au ihr kleinet Gör mit.

Se ließ doat nen Saal mauan un de Mauans waan so staak un dicht hömma, dat kein Strahl hinduachdringn konnte un da drinnen sollte er dann sitzn tun, wenn de Hochzeitzlichtkes angesteckt wüadn, weisse. De Tüar wa abba von so frischm Holz gemacht hömma, dat et sprank, un nen mickriga Riss drinnen wa, den keine Sau voahea bemeakte. Nun waad de Hochzeit mit mächtich viel Pracht gefeijat un wie abba dea Hochzeitzzuch ausse Kiiache mit viel Fackln un Lichtkes zurückkam un am Saal voabeizooch, da fiel nen haarbreita Strahl auffm Könichssohn un wie diesa Strahl ihn berüahrte, in dem Aungblick waara au innem Täubkcn vawandelt. Als de junge Könjin zu ihrem Liepztn heimkam un ihn suuchte, sah se ihn nich, abba et saaß da nen weisset Täubken un et spraach: „Hömma, siem Jäahrchen mussich getz inne Welt umheaflieegn tun: alle siem Schrittkes abba willich nen rootn Blutztroppm un ne weiße Feeda falln lassn, se solln dich den Weech weisn un wennze de Spua folgn machs un mich findn tuhs, so kannze mich ealöösn machen."

Da flooch de Duuwe foat un de junge Könjin folchte se nach un alle siem Schrittkes fiel nen roota Bluutztroppm un nen weißet Feedaken hearap un zeichte ihr den Weech. So ging se imma zu, imma wita inne weite Welt hinaus un folchte ihren Liepztn. Se glotzte nich um sich un ruhte nich un alzbald waan de siem Jäahrchen um; da freute se sich'n Ast un meite, se wäarn alzbald ealööst, abba wa doch noch so weit wech davon, weisse.
Eima alz se so foatging, da fiel kein Feedaken mehr hearap un au kcin Bluutztröppken wa mehr am sehn un alzse de Klüüsn aufschluuch, so wa dat Täubken vaschwundn. Un weilse dachte, de Menschn könntn se da nich helfm machn, so stiech se zum Lorenz hinauf un sachte zu ihm:

73

„Ey Lorenz hömma, du scheinz duach Ritzn un übba alle Spitzn, hasse kein weißet Täubken am flieegn geseehn?"

„Nee, habbich nich", sachte dea Lorenz, „ich happ kein weißet Täubken geseehn, abba da, kumma hia, ich schenk dich dat Kästchen, dat mamma wacka offm wennze in großa Not am sein biss."

Da dankte se dem Lorenz, stiech hinap un laatschte weita, biss et Aahmt wa un der Mond von Wanne-Eickl anfink am schein, da fraachte se ihn:
„Hömma Wanner Mond, du scheinz ja de ganze lieebe lange Nacht nä un au duach alle Felda un Wälda. Ker, hasse denn kein weisset Täubken iangswo am flieegn geseehn?"

„Nee," antwoatete dea Wanna Mond, „hömma, ich hap kein Täubken geseehn, abba weisse wat? Ich schenk dich´n Ei, dat mach ma ruhich im aasch, wennze in großa Not biss, weisse."

llustration: **Otto Ubbelohde** 1867 – 1922 (Bild-PD-alt)

74

Da dankte se den Mond von Wanne un laatschte weita, biss dea Nachtwind hearankam un se vonne Seite anblies; da sachte se: „Ker Nachtwind, du gehs doch duach alle Bäumkes un unta alle Blättkes hinwech, hasse denn nich ma nen weisset Täubken am flieegn geseehn?"

„Ach nee," sachte au dea Nachtwind zu se, „leida habbich kein Täubken geseehn, abba ich will ma de drei andren Winde fraagn tun, vielleicht hamsese geseehn."

Hömma, dea Ostwind un dea Westwind kamen un hattn abba au nix vonnem Täubken geseehn, dea Süüdwind abba spraach: „Jau, dat weisse Täubke habbich geseehn, et is zum rootn Meer gefloogn un weisse wat? Da isse widda zu nen Lööwn gewoadn, denn de sieem Jäahrchn waan rum un der Lööwe steht doat im Klinsch mit nem mächtign Lindwuam, dea in wiaklichkeit abba ne vazaubate Könichstochta is, weisse."

Da sachte dea Nachtwind zu se:
„Pass mich ma auf, ich will dich ma nen Raat geebm tun, geh ma wacka zum rootn Meer, am rechtn Uufa sin grooße Ruutn am stehn, tuhse zäähln machn un de elfte tuhsse dich apschneidn un hau damit aufm Lindwuam drupp, nua so kann ihn dea Lööwe bezwing machn un au beide bekomm dann in ihre menschliche Gestalt widda. Danach glotz dich wacka um un du wiass dat Vögelke Greif sehn, der am rootn Meer am sitzn is, schwing dich mit deinem Liepztn auf sein Buckl; un dat Vögelke wiad euch übbat Meer na Hause traagn.
Kumma hia, da hasse au nen Nüssken, wennze mittn übbat Meer biss, dann lass et runnafalln, alzbald wiad sich daraus nen mächtiget Nussbäumken aussm Wassa heavoawachsn tun, auf dem dat Vögelke Greif ausruhn machn kann; un könnta abba

nich ausruhn, so wäara nich staak genuch um euch übbat Meer na Hause zu schleppm. Abba wennze vagisst dat Nüssken runna zu weafm, so wiad dat Vögelke Greif euch inz Meer falln lassn."

Da ging se hin un laatschte den langn Weech zum rootn Meer, se fant allet so voa, wie ihr dea Nachtwind dat gesacht hatte. Se zäählte de Ruutn am rechtn Uufa vom rootm Meer un schnitt sich de elfte ap. Dann gingse zum Lindwuam un kloppte mitte Ruute auf dem drauf rum, dat der Lööwe aussm Klinsch alz Siega heavoaging un ihn bezwank, weisse. Alzbald hattn beide ihrn menschlichn Leip widda, abba wie de Könichstochta, die ja voahea nen Lindwuam geweesn wa, vom Zauba befreit un den schniekn Jüngling sah, nahm se ihn innem Aam, setzte sich auffm Buckl vom Vögelke Greif un füahrte ihn mit sich foat.

Ker hömma, da stand de aame Weitgewandate Schickse un waad widda ma valassn, setzte sich auffe Fott un pläarrte dicke Tränkes. Entzlich abba eamutichte sich un spraach: „Ker, ich tu nich aufgeebm machn, nee hömma, dat tuh ich nich. Ich will so weit laatschn tun, alz wie dea Wind am weehn is un so lange alz kein Haahn mehr krääht, biss ich entzlich meinen Liepztn findn tu."

Dann laatschte se foat, lange, lange Weege brachte se hinta sich, bisse entzlich zu nem Schlössken gelankte, wo de beidn zusamm leeptn; da höaate se, dat alzbald nen Fest wäar, wo man Hochzeit mittenanda feijan wollte, weisse.
De schniecke Schickse wa sehr bedröpplt abba spraach:
„Ach lieba Gott, hilf mich doch"

un öffnete dat Kästcken, wat se vonnem Lorenz eahaltn hatte.

76

Hömma, da laach son töftet Kleid drinnen un weisse wat, dat wa so glänznt, wie der Lorenz selpz am scheinen is. Da nahmse et hearaus un ströppte et sich an, ging hinauf zum Schlössken un alle Leutz un de Braut stauntn voa Veawundarunk Bauklötzkes; hömma un de Braut gefiel der Fumml so gut weisse, datse dachte, dat wäar wat füa meinaeina un et könnte ja ihr Hochzeitzkleid sein tun un fraachte, ob de fremde et nich veascheuern wüade?

„Nee dat kannze dich apschminken, nich füa alle Monetn vonne Welt tu ich dat veascheabln," antwoatctc dc Schickse: „abba füa Fleisch un Blut."

De Braut fraachte, watse denn damit meinen tut, da antwoatete de Schickse:
„Hömma, lass mich ma nua ne Nacht innem Kabüffken am pennen, wo dea Bräutigam au am ratzn is."

Abba de Braut wollte et nich, wollte abba doch den töftn Fumml vonse bekomm, dann abba willichte se ein, doch dea Kammadiena musste dem Könichssohn nen Schlaftrunk geebm machn, denn se hatte schiss, datta se mitte schniecken Schickse betrüügn könnte. Alz et nun Nacht wa un der Jüngling schonn ratzte, waad se innem Kabüffken gefüahrt.
Da setzte se sich anne Poofe un sachte:
„Ker hömma, ich bin dich sieem Jäahrchen nachgefolcht, bin beie Sonne un beim Mond un beie viea Winde geweesn un hap nach dich gefraacht, ich hap dich geholfm beiem Lindwuam. Ker, willze mich denn nu getz ganz valassn machn?"

Der Könichssohn pennte abba so haat un fest, dat et ihm so voakam, alz wüade der Wind inne Tannbäumkes rauschn tun.

Wie der Moagn anbraach un der Lorenz übba de Halde blitzte, da waad se widda hinausgefüahrt un musste den goldnen Fumml apdrückn. Da et leida nix geholfm hatte, da waad se so sehr bedröpplt, ging auffe Wiese voam Schlössken un fing am plärren an, se heulte so dicke Tränkes, datte meinz, et is am pläddan dran, weisse. Un wiese da so auffe Wiese so hockte, da fiel ihr dat Ei noch ein, wattse vom Wanna Mond eahaltn hatte, se schluch et offm un et kam ne Glucke mit ihrn zwölf Küückskes hearaus. Se waan ganz in Gold hömma, se liefm wild hearum un pieptn un krochn der Altn Glucke widda unta de Flüügelkes, se fant dat so schön hömma, dat füa se nix schönret auffe vadammte Welt am seehn wa, vastehsse!?

Da stant se auf, tieb de Küückskes auffe Wiese voa sich hea un hatte mächtich Spässkes inne Backn, dat machte se so lange, biss de vadammte Braut aussm Fenstaken glotzte un et sah, et gefiehln ihr de Küückskes au so sehr, datse wacka runnakam un fraachte, ob sese denn nich veascheabln wüade?

Ilustration: **Otto Ubbelohde** 1867 – 1922 (Bild-PD-alt)

„Nee hömma, füa keine Knete un Gut vonne Welt, tu ich se veatickn, abba füa Fleisch un Bluut; lass mich nua nomma ne Nacht innem Kabüffken vom Bräutigam am pennen, dann krisse se."

De Braut übbaleechte nich lange un sachte zua Schickse:
„Jau, geht klaa hömma, dat kannze geane machn tun,"

wollte se abba widda wie am Voatach betrüügn machn. Alz nun abba der Könichssohn inne Molle ging, fraachte er seinen Kammadiena, wattn dat Muamln un Rauschn inne letztn Nacht geweesn wäare. Da eazählte ihm der Kammadiena allet, datta ihm nen Schlaaftrunk geehm haabm müsse, weil seine Braut ja Eifasüchtich sei, weil ja doch de schniecke Schickse heimlich bei ihm im Kabüffken gepennt hätte un heute Nacht sollte se widda bei ihm ratzn tun un er sollte ihm nomma son Trunk bereitn un geebm machn.
Da spraach dea Könichssohn zu seinem Lakain:
„Ey hömma, gieß doch einfach den Trunk neehm de Poofe."

Hömma, dat ließ sich der Kammadiena nich zweima saagn un kippte den Schlaftrunk, alz et soweit wa, neehm de Fuazmolle aus.
Zua Nacht waad de Schickse widda inz Kabüffken gefüahrt un alz se dann anfink zu kwassln, wie bedröpplt se doch sei un wie schlecht et ihr eagangn wäar, da eakannte er auf Anhiep de Stimme seina lieebm Gemahlin, sprank auf un rief:
„Hurra! Getz binnich east richtich ealööst, mia isset geweesn wie innem schlechtn Träumke, denn de fremde Könichstochta hatte mich bezaubat, so dat ich dich einfach vagessn musste, abba der lieebe Gott hat mich zum rechtn Stündken de Betöahrunk von mich genomm, weisse."

Da gingn se beide noch inne Nacht heimlich aussm Schlössken foat, denn se füachtetn sich voa dem Vadda der bräsign Könichstochta, denn der wa nen Zaubara un setztn sich auffm Vögelke Greif un der truuch se übba dat roote Meer un alz se inne Mitte waan, da ließ se dat Nüssken falln. Alzbald eawuuchs ein mächtich großet Nussbäumken, worauf sich Greif ausruhn konnte. Nach ner Zeit setztn se de Reise weita foat un er füahrte se na Hause, wose au ihr Blaach widdafandn, et wa groß un schön gewoadn un se leeptn von nun an in großa Liebe, Zufriednheit un vagnüücht im Ruhrgebiet zusammen, bisse einet Tachs beide in Grass bissn, weisse.

llustration: **Otto Ubbelode** 1867 – 1922 (Bild-PD-alt)

*** ENDE ***

Dat oll Müttaken

Hömma, et wa eima inna mächtich grooßn Stadt nen Müttaken, dat saaß aahms allein in ihrn Kabüffken; et dachte drübba nach, wiese ihrn eastn Olln, dann de beidn Blaagn, nach un nach de ganze Mischpoke, un heute, au noch den letztn Froind valoan hat un getz ganz allein un valassn wäare, da se alle inz Grass gebissn hättn. Ker, da wa se abba von ganzn Heazn traurich un fing am heuln, denn voa allm schwea wa ihr der Valußt dea beidn Bengels, datse in ihrn Schmeaz darübba Gott anklaachte. Da saaß se nun ganz allein un stikkum in sich vasunkn, alz et auf eima zua Frühkiiache am bimmln hööate.

llustration: **Otto Ubbelohde** 1867 – 1922 (Bild-PD-alt)

Se wundate sich, datse de ganze Nacht in ihrn Leid duachwacht hätte, zündete seine Latüchte an un laatschte inne Kiiache.

81

Beie Ankunft inne Kiaache, wa se schonn eahellt, abba nich so, wie se et wie gewöhlich kannte, vonne Keazn, nee hömma, sondan vonnem dämmalichn Licht. Hömma, se wa au schonn angefüllt mit Menschn un alle Plätze waan besetzt un alz dat oll Müttaken zu sein gewöhnlich Sitze kam, wara au nich mehr ledich, sondan de ganze Bank gedränkt voll, weisse. Un wiese de Leutz inne Visagen glotzte, so waan et allet lauta apgekratzte un gute Vawandte ausse Mischpoke, se saaßn da in ihrn olln altmoodischn Plörren, abba voll weiß inne Fresse, so wie ne Kalkwand, vastehsse!?

Hömma, se quatschtn nich un trällatn au nich mit, et ging abba nen leiset Summen un Wehen duache Kiiache.

Da stand ne Muhme auf, trat voa se un sachte zum Müttaken: „Kumma, glotz ma nachn Altaa, da wiasse deine Bengls sehn tun."

De alte glotzte hin un sah ihre beidn Bengls, dea eine hing am Galgn un der andre wa aufm Rad geflochtn.

Da spraach de Muhme:
„Siehsse hömma, so wäare et deine Blaagn eagangn, wäarn se am leebm gebliemm wän un hätte Gott se nich alz unschuldige Bengels zu sich genomm."

Dat oll Müttaken laatschte zittrich na Hause un dankte Gott auf Knieen, datta et bessa mit se gemeint haabe, alz se hätte et begreifm könn. So waad ihr einige Jäahrchen, Pein un Schmeaz umme Bengls easpaat gebliemm un spraach nen Gebet zu Gott; un am drittn Taage leechte se sich inne Fuazmolle un staap beim Pennen.

* * * ENDE * * *

De stebitztn Tackn

Hömma, et saaß eima nen Vadda mit seinna Olschn un seinen Blaagn einet mittachs am Tischken un nen töfta Froind, dea au zu Besuuch gekomm wa, futtate mit ihnen. Un wiese so zusamm saaßn un et zwölwe schluuch, da sah dea Kumpl vom Vadda de Tüare offmgehn un ne schneeweiß gekleidete Schickse, die blasss wie ne Kalkwand wa, heareinkomm tun. Se glotzte sich nich um, kwatschte nichn Woat un vaschwant inz Kabüffken neehman. Bald daruff kamse daraus zurück un laatschte ebentso stikkum widda zua Tüar hinaus. Am zweitn un am drittn Tach kamse auffe gleichn Weise widda rein un ging raus. Da fraachte dea Kumpl den Vadda entzlich, wem dat Blaach gehöate, dat alle Mittach inz Kabüffken ginge.

„Ker, ich habbet nich gesehn," antwoatete er „un ich wüsst au nich, wem et gehöan könnte, weisse."

Am andren Tach, wie se widdakam, zeichte et dea Kumpl dem Vadda, dea se abba nich sehn tat. Au de Mudda un de Blaagn taatn se au nich am sehn machn.

Illustration: **Otto Ubbelohde** 1867 – 1922 (Bild-PD-alt)

Nun stant dea Kumpl auf, ging zua Tüare vom Kabüffken, machte se ein wenich offm un ging hinein un saah dat Blaach auffm Boodn am sitzn un emsich mitte Griffl inne Dielnritzn am kratzn un graabm tun, weisse; wiese abba den Fremdn Seega sehn tat, vapisste se sich wacka un machte sich vom Acka.

Nun eazählte der Froind, watta geseehn hatte un beschriep dat Blaach ganz genau, da eakannte et de Mudda un sachte: „Ach ker, dat is mein liebet Blaach, dat voa vieea Wochn gestoam is."

Se gingn zusamm inz Kabüfken un braachn de Dieln auf un fanden zwei Tackn, diese hatte dat Blaach eima vonne Mudda eahaltn, um se nen aam Seega geebm zu tun, se hatte sich abba gedacht: „Ker, binnich denn Meschugge? Dafüa kannich mich ne Menge Bömskes un lekkren Zwieback kaufm machn," hatte de beidn Tackn behaltn un inne Dielnritze vasteckt.

Ker weisse, da im Graabe abba hatte se keine Ruhe inne Fott gehappt un wa alle Mittaage gekomm, um im Kabüffken nache Tackens suuchn zu machn.

Hömma de Eltans abba, gaabm getz de Penunsn nen Aamen un nahea is dat Blaach au nich mehr zurück gekomm oda irngswann gesehn woadn, weisse.

*** ENDE ***

84

Dea aame Bengl im Graap

Hömma, et wa eima nen aama Hiiatnbengl, dem waan sein Vadda un Mudda gestoabm un er wa vonne Oobrichkeit nen reichn Bauan inz Häusken gegeebm woadn, dea sollte ihn eanäahn un eaziehn, weisse. Der Seega un seine Olle hattn abba nen böset Heazken, waan bei allm Reichtum so geizich un mißgünztich. Ker, dat kannze dich gaanich voastelln. Hömma, se äagatn sich, wenn nua jemand nen kleinet bissken von ihrem Brootkantn genomm un inne Muhle gesteckt hatte. Der aame Bengl mochte au tun watta wollte, er eahielt imma weenich zu futtan, abba desto mehr Hiebe auffe Fott, weisse.

Einet Tachs sollte er de Glucke mit ihre Küückskes hüütn. Se valief sich abba mit ihre Jungen duach nen Hecknzaun; un gleich schoß dea Haabicht hearap un entfüahrte se duache Lüfte, vastehsse!?
Dea aame Bengl schrie un krakeehlte aus Leibetkräftn: „Ey du Diep, Diep, Halunke un Spitzbuup, komma zurück.“

Abba wat half dat schonn? Nix half et! Dea Haabicht brachte sein Raup nich widda zurück. Dea Baua höate den Radau, eilte wacka heabei un vanahm, dat seine geliept Henne wech wa, so gerieta in Wut wuad brassich un vapasste den Bengl nen Aaschvoll, dat seine Fott Kiiames hatte un nen paar Taage nich auf selbige sitzn konnte.
Nun musste er de Küückskes ohne de Muddahenne hüütn machn, abba da wa de Not noch größa hömma, denn dat eine lief dahin, dat andre doathin. Da meinte er et richtich kluuch machn zu tun, wenna se alle mittn Bändke zusammbände, dat dea Haabicht keinz stebitzn könnte. Abba weit gefeehlt hömma.

85

Nachn paar Taagn, alza vonnen Rumrenn mitte Küückskes un voa Kohldampf eamüüdet einpennte, kam dea Raupvoogl un packte einz vonne Küückn un da de andren annenanda gebundn waan, so truucha se alle foat, flooch davon, setzte sich auffm hohet Bäumke un vaspachtelte einz nachm andan un schluckte se runna. Der oll Bauja kam soebent na Hause un alza dat Unglück sah, eabooste er sich un schluuch den Bengl unbaamheazich windlweich, datta meahrere Taage inne Poofe am liegn bleibm musste. Alza abba widda auffe Porreepiepm wa, sachte dea bööse Baua zu ihm:

„Hömma, du biss mich zu dösich, du kriss nix gebackn, ich kann dich nich gbrauchn tun, du sollz ap getz alz Boote gehn."

Da schickte dea Bauja ihm zum Richta, dem sollta nen Koap voll Duuwn bringn un gaap ihm nochn'n Briefken mit. Untaweechs plaachte dem aam Bengl abba Kohldampf un Duast so heftich, datta zwei vonne Täupkes futtate. Er brachte abba den Richta den Koap mitte restlichn Duuwn.

Illustration: **Otto Ubbelohde** 1867 – 1922 (Bild-PD-alt)

Alz diesa abba dat Briefken geleesn hatte un de Täupkes zählte, so sachta:
„Ja nee nä, et tun zwei fehln tun?"

Dea aame Bengl wa ne eahrliche Haut hömma un gestand dem Richta, datta voa Kohldampf un Duast getrieebm, de fehlnden Täupkes vaputzt habe. Dea Richta abba schriep draufhin nen Briefken annen Bauja un valankte nomma soviel Duuwn von ihm. Au diese musste dea aame Bengl mit nen Briefken hintraagn tun. Alz ihn abba widda so gewaltich der Maagn knuaate un er Kohldampf un Duast vaspüate, so konnte er sich nich andas helfm machn, datta widderum zwei Täupkes veaputzte. Doch diesma nahma voahea dat Briefken aussm Koap, leechte den unta nen Steinken un setzte sich mitte Fott drauf, damit dat Briefken nich sehn zu tun is; un ihn varaatn könnte, weisse. Hömma, dea Richta stellte ihn jedoch zu den feehlndn Täupzkes zua Rede un der Bengl sachte drauf:
„Ach nee! Ker hömma, wie happta dat eafaahrn? Dat Briefken kannet ja nich geweesn sein, den habbich voahea unta nen Steinken geleecht un mich mitte Fott draufgesetzt."

Dea Richta musste sich übba de Einfalt det Bengls beömmeln un schickte den Bauan nen Briefken, worinna ihn eamaahnte, den aam Bengl doch nen bissken bessa zu haltn un et ihm an reichlich Speise un Trank nich fehln zu lassn; au möchta ihm leahrn wat Recht un Unrecht sei.

„Hömma mein Bengl", sachte dea bräsige Bauja, alza de Zeiln det Richtas laas, „ich will dich schonn zeign tun, wattn Untaschiet zwischn Recht un Unrecht is; willze abba futtan, so musse au Maloochn un tuhsse wat Unrechtet, so solze Schlääge un Hieebe eafahrn un somit hinglänglich beleahrt."

87

Hömma, am folgndn Tach stellt dea Bauja ihm ne schweere Malooche. Er sollte nen paar Bund Stroh zum Futta füa de Viecha un Gäule schneidn; dabei droohte ihm dea Seega: „Hömma in fünf Stündkes is Zappes, dann binnich widda zurück, wenn dat Stroh biss dahin nich zu Häcksl geschnittn is, so schlaach ich dich widlweich vastehsse!? So datte dich kein Glied mehr im Köapa beweegn kannz, haase kapieat?"

Dea Baua abba laatschte mit seina Olln, dem Knecht un de Maacht auffe Cranga Kiiames un ließ den aam Bengl nix weita alzn olln mickrign Kantn Brot zurück.
Dea Bengl stellte sich auffm olln Strohstuhl un fing aus alln Leibetkräftn an Maloochn an un dat Stroh zu häckzln. Da et ihm dabei so heiß waad un er am ööln anfing, zoocha sein Röckzken aus un waaf et auf dat Stroh. Inne Angst, nich feddich zuweadn, schnitta un schnitta imma weita zu un in sein Eifa zeaschnitta unveameakt au sein Röckzken. Zu späät höämma, dat Unglück wa passieat, wat sich au nich mehr gut machn ließ. Dat Röckzken wa im aasch un er rief vazweiflt: „Ach ker, getz isst aus mit mich. Mein Aasch wiad Kiiames haabm tun, der bööse Keal wiad mich grüün un blau prüügln machn. Er hat ja nich umsonz gedrooht, kommta zurück un sieht wat ich getan hap, so schläächta mich tot. Lieba willich mich selpz dat Leehm nehm machn."

Hömma, da hatte dea Bengl ma gehöat wie de Bäurin spraach: „Unta meine Poofe habbich nen Topp mit Gift am stehn."

Se hatte dat abba nua gesacht, um de Naschkatzn feanzehaltn, denn et wa nen Topp mit Honich, weisse. Also kroch dea Bengl unta de Fuazmolle, holte den Topp heavoa un futtate ihn ganz leer.

„Ker, ich weiss nich", sachta, „de Leutz saagn imma, dea Tod sei bitta. Issa abba nich, mich schmekta süß hömma. Dat is ja au kein Wunda, dat sich de Alte imma den Tod wünschn tut."

Er pfleetzte sich aufm Stühlken un wa gefasst inz Grass zu beissn. Abba statt datta schwächa wuade hömma, fühlte er sich duache nahrhafte Speise gestäakt, weisse.
„Ker, dat muss kein Gift geweesn sein," sachta, „abba dea oll Baua hatte domma gesacht, datta in sein Plörrnkastn, nen Fläschken mit Fliegngift am liegn tut, dat wiad wohl dat wahre Gift sein tun un mich inz Grass beissn lassn."

Hömma, au dat wa kein Fliegngift, sondan nen Fläschken vonnem guutn Ungarwein, watt´n echt töftn Fuusl wa. Dea Bengl holte dat Fläschken raus un zooch sich den Fuusl rein, er süppelte allet aus un et schmeckte ihm legga.
„Ker, dat is ja töfte hömma," sachte dea Bengl, „au diesa Tod tut mich süß schmeckn machn."

Doch alzbald er den Fuusl runnagekippt hatte un anfink ihn inz Gehian zu steign, waara total betüüdelt un schicka un er fing ihn am betäubm an. So meine er getz, dat sein Ende nahe wäare un spraach:
„Ker nee, ich glaup ich krepiea, ich muss raus aufm Kiiachhof gehn un mich n´ Graap suuchn tun."

Er taumelte angeschickert foat, eareichte den Kiiachhof un leechte sich in nen frisch geöffnet Graap. De Sinne vaschwandn ihn imma mehr. Inne Nähe standt nen Wiiatzhaus, wo graade ne Hochzeit gefaijat wuade; alza de Mukke ausse Kaschemme vanahm, deutete er sich schonn im Paradies sein zu tun, bissa entzlich all seine Besinnunk vealor.

Hömma, dea aame Bengl eawachte nie widda: de Glut det heißn Fuusels un dea kalte Tau vonne Nacht nahmen ihm dat Leebm un er vabliep in dem Graabe, in datta sich geleecht hatte.

Alz dea oll Baua de Nachricht vonnem Tode det Bengls eahielt, easchraka heftich un füachtete voas Gericht gefüaht zu weadn. Ja, weisse, sein Muffmsausn fasste ihn so gewaltich hömma, datta oohmächtich zu Boodn sank. Seine Olle, de Bäujarin, de graade mitte Pann voll Schmalz am Head am stehn wa, lief zu ihm hin um ihn Beistant zu leistn.
Abba wie et im Leehm so is, schluuch dat Feujaken inne Pann rein un eagriff nach kuaze Zeit dat Häusken un mach wenign Sekündkes stand de ganze Hütte in Flammen un nach wenign Stündkes laach allet in Schutt un Asche, weisse.

De Jäahrchen, diese noch zu leebm hattn, vabrachtn se, von Gewissnzbissn geplaacht, in Aamut un Elend zu.

Weisse Bescheit, nä!

* * * ENDE * * *

90

Dat Räätzl

Hömma, et wa eima nen Könichsohn, dea bekam großn Bock umme Welt umheazuziehn un nahm niemand andres alz sein treun Diena Hannes mit. Einet Tachs gerieta innem mächtich dunklen Wald un alz der Aahmt kam, konnta keine Heabeage findn machn un wusste nich watta machn sollte um de Nacht zu vabringn. Da saahra inne Feane ne kleine Schickse, dat nachm nem mickrign Häusken zuging, alza näha kam, saahra, dat se jung un schniecke aussah, quatschte se an un spraach: „Hömma meine liebe Tussi, kannich un mein treuja Diena Hannes, hia füa ne Nacht nen Untakomm finden tun, um unz inne Fuazmolle de Porreepiepm lang zu machn?"

Illustration: **Otto Ubbelohde** 1867 – 1922 (Bild-PD-alt)

„Abba sicha dat," sachte dat Määdken mit bedröppelta Stimme, „dat könnta wohl, abba ich raate Euch nich dazu; hömma, geht da nich rein."

„Ker, warum dattn nich?" fraachte der Könichssohn.

Dat Määdken seufzte un spraach:
„Ja, abba meine Schwiegamudda is kiebich un betreipt bööse Künste, weisse. Hömma, se meint et nich gut mit Fremdn."

Da meakte dea Könichssohn wohl, datta zu nem Kabachl vonna olln Hexe gelankt wa, doch weil et finsta wuade un er nich weitalaatschn konnte, sich au nich füachtete, so traata inne Stuube ein. Hömma, de Alte Hexe saaß auffm Schisselong beim Feujaken un sah mit ihrn rootn Klüüsn den Fremdn un seinen Diena an un sachte:
„Guutn Aahmt", schnarrte se un tat ganz freundlich, „lasst euch nieda un ruht Euch ma wacka beim Feujaken aus."

Se bliees de Kohln noch weita an, weilse innem olln mickrign Töppken wat brutschelte. De Tochta dea Hexe waante de beidn, voasichtich zu sein, nich zu futtn un nix zu süppln anzenehm, denn de Alte braute bööse Getränke, weisse.
De beidn leechtn sich im Kabüffken inne Poofe un se ratztn ruhich biss zum frühn Moagn. Alze sich zua Weitareise feddich machn wolltn un der Könichssohn auffm olln Kläppa am sitzn wa, spraach de Alte:
„Hömma Fremda, watte ma nen Aungnblick, ich will Euch eastma nen Apschiedzgetränk mit auffm Weech geehm."

Während de olle Hexe ihn holte, ritt dea Könichssohn wacka vom Hoff un dea treuje Diena Hannes, dea noch seinen Sattl festschnalln musste, wa nun allein zugeegn un hatte de Aaschkaate weisse, alz de bööse Hexe mittn Trunk kam.

„Hömma, bring mich dat ma deinen Herrn, woll,"

sachte se, abba im selbm Aungnblick sprang dat Glass offm un dat Gift spritze hearaus, direkt auffm Zossn un et waad so heftich weisse, dat dat Viech gleich tot umkippte. Dea aame Diena lief so schnella konnte seinem Herrn nach un eazählte im den Schisselameng. Er wollte seinen Sattl abba nich in Stich lassn un wetzte wacka zurück, um ihn holn zu machn. Wieja abba zum tootn Zossn kam, saß schonn nen Raabe drauf un fraaß vom Gaul.

„Ach weisse wat? Wea weiß, opwa heute nich nowatt bessret findn tun," sachte dea Dicna, muakzte den Raabm ap un nahm ihn mit.

Nun zoogn se im Wäldken den ganzm lieem langn Tach weita umhea, konntn abba nich aus dem hinauskomm, weisse. Bei Anbruch vonne Nacht fandn se abba nen Wiaatzhaus un so gingn se inne Kaschemme hinein. Dea Diena gaap dem Wiiat dem Raabm un sachte, datta den feddich machn solle, denn se hättn mächtich Kohldampf un wolltn ihn alz Aahmtessn veaspeisn.
Hömma, se waan abba nich innem Wiiatzhaus dea üüplichn Aat gelandet, sondan inne Möadagruube geraatn, weisse. Späät inne Dunklheit kamen zwölf Möada un wolltn de beidn Fremdn apmuakzn un beklaun. Ehe se sich abba anz Weak machtn, hocktn se sich zu ihnen annem Tischken un dea Wiiat un de Hexe setztn sich dazu un se futtatn zusamm nen Schüsslke mittm Süppken, in die dat Fleisch det Raabm gehackt wa. Kaum abba hattn se nen paar Bissn vom Süppken runnageschluckt, so fieln se alle tot nieda, denn dea Raabe hatte dat Gift mittm Zossnfleisch aufgenomm. Zum Glück spachtelten dea Diena un der Könichssohn nix vom Süppken, denn man hatte ihnen davon keinen Kleckz apgeebm wolln.

Et wa nun keine Sau mehr inne Kaschemme am leebm, alz dat Töchtaken det Wiiatz eintraat, die et in ihrm Leehm imma eahrlich un reedlich meinte un an un mit gottloosn Dingen nix am Hut hatte, weisse.

Se machte den Fremdn alle Tüarn un Kistn offm un zeichte ihnen all de ganzn Schätze. Dea Könichssohn abba sachte, dat solle se allet behaltn tun un sich nen töftet Leebm machn, denn er wolle nix haabm un ritt mit seinem Diena weita.

Nachdem se ne lange Zeit inne Welt umhea gezoogn waan, kamen se in ein Städtken, worinnen ne schnieke, abba übbamüütige Könichstochta leepte, se hatte bekannt machn lassn, wer ihr nen Räätzl voaleeegn könne, wat se nich earaatn könne, dea solle ihr Olla weadn; eariete se et abba doch, so müsse er sich nen Kopp küaza machn un sein Haupt apschlaagn lassn, vastehsse!?

De Bedingunk wa abba, dat se drei Taage Zeit zua Besinnunk hätte, se wa abba so kluuch im Schäädl, dat se de voageleechtn Räätzl imma voare bestimmtn Zeit eariet un lööste, weisse. Ker hömma, schonn neun waan auf diese Weise umgekomm un musstn ihr Leebm lassn, alz dea Könichssohn ankam un vonne Schönheit dea schniekn Tusse geblendet sein Leehm dran setzn wollte; traata voa se hin un gaap ihr dat Räätzl auf un spraach: „Hömma, wat is dat?" sachta, zu se, „eina schluuch keinen un doch zwölwe."

Ker, da wa se abba inne Bredullje, denn se wusste nich wat dat wa, se sann un sann sich, übbaleechte auf Deibl komm raus, abba brachte et nich zusamm; se schluuch alle Räätzlbüchskes offm, abba et stant einfach nix geschrieem; kuaz un knapp, se wa einfach am Aasch un mit ihra Weisheit am Ende, weisse.

Hömma, da se sich nich mehr zu helfm machn wusste, so befahl se ihra Maacht, inne Nacht, in dat Schlaafgemaach det Herrn zu plachandan, da sollte se seine Träumkes behoachn un rausfindn tun, oppa beim ratzn anfangn tut zu kwassln un dat Räätzl varäät, vastehsse!?

Dea kluuge Seega von Diena abba hatte sich anstatt det Könichssohns inne Fuazmolle geleecht un alz de Maacht hearankam, rissa ihr den olln Mantl wech, indem se sich vahüllt hatte un jaachte se mit Ruutn zum Deibl un aussm Kabüffken hinaus.

Inne zweitn Nacht hömma, da schickte de Könichstochta ihr zuvalässige Kammazoofe, se sollte kuckn machn, opse mit ihrn aushoachn mehr Glück hätte, abba dea Diena stebitzte au ihr den Mantl, indem se vahüllt wa un jaachte au sie mit Ruutn zum Deibl un aussm Kabüffken hinaus.

Hömma, nun glaupte dea Könichssohn füare anstehndn drittn Nacht, dat dea Schisselameng voabei wäare un er sicha sei un leechte sich zum pennen inne Poofe. Abba da kam de Könichstocha selpz, se hatte ihrn neeblgraun Mantl übbageströppt un setzte sich neehm in anne Fuazmolle. Un alz se dachte, er penne un hätte töfte Träumkes, so kwatschte se ihn an un hoffte, er wüade se inne Träumkes antwoatn tun, so wie et viele machtn, weisse: abba nix da, puupmschmatzn, er wa voll wach un vastand allet wat de Tusse kwatschte.

Da fraachte se den Könichssohn:

„Hömma, eina schluuch einen. Ker, wat is dat?"

Er antwoatete:

„Dat issn Raabe, dea vonnem tootn Zossn gefuttat hat un davon krepieate," weita fraachte de Tusse: „Un schluuch doch zwölf. Wat is dat, hömma?"

95

„Ja weisse, dat sin zwölf Möadas, die den Raabn veaspaachtelt haabm un dran krepieatn."

Alz se nun dat Räätzl wusste, wollte se sich foatschleichn machn, abba dea Könichssohn hielt ihrn Mantl so fest in seina Flosse fest, datse ihn zurücklassn musste.
Am andren Moagn vakündete de Könichstochta freudich, datse dat Räätzl earaatn hätte un ließ de zwölf Richta komm, um et voa ihnen zu löösn. Abba dea Könichssohn baat sich Gehööa aus un sachte:
„Jaa nee, is klaa, weisse! Hömma, se is inne Nacht zu mich anne Poofe geschlichn un hat mich ausgefraacht, denn sonz hätse et nich earaatn."

„Dann bringn unz n´ Waahrzeichn," spraachn de zwölf Richta.

Da wuadn vom treun Diena Hannes de drei Mäntelz heabeigebracht un alz de Richta den neeblgraun Mantl eablicktn, den de Könichstochta imma zu traagn pfleechte, so spraachn se:
„Hömma junga Herr, lasst Euch den Mantl mit Gold un Silba bestickn, so wiad´s ap getz Euja Hochzeitzmantl sein, denn et is wahr, watta gesacht happt."

Un so heiraatete der junge Herr de schnicke Könichstochta un se leeptn noch lange, lange Zeit mittenanda, bisse irngswann inz Grass bissn, weisse.

*** ENDE ***

Dea Könichssohn, der voa nix Bamml hatte

Ja hömma, et wa eima nen Könichssöhnken, dem wa et satt zu Hause bei sein Alten im Schlössken zu sein. Un weila voa nix Bamml un Muffnsausn hatte, so dachta sich:
„Ker, ich will inne deckige Welt hinausgehn, da wiad mich Zeit un Weile nich lang un weade wundaliche Dinge genuch am sehn machn."

Also nahma von seine Eltans Apschiet un ging wech, imma zu laatschtc cr, von Moagn bis Aahmt un allet wa ihm einalei, wohin ihm der Weech au füahrte, vastehsse!? Hömma, et truuch sich zu, datta voa nem mächtign Häausken am stehn kam un weila so müde un schachmatt vom Laatschn wa, pfleezte er sich voa de Haustüare nieda un ruhte sich aus. Un alza seine Döppm so hin- un hea gehn ließ, saahra auffm Hof nen Spielweak am liegn; hömma, dat waan son paar mächtige Kuugln un Keegl, se waan so groß, wien son Mensch am sein tut, weisse. Übba nen Weilchen bekama Bock, stellte de Keegls auf un schoop mitte Kuugl danach, er schrie un rief, wenn de Keegls umfiehln un wa guuta Dinge, weisse.

Dea Rieese, dea da innem mächtign Häusken am woohn tat, höaate den Radau, steckt seinen Deetz aussm Fenstaken un eablickte nen Menschn, dea nich größa wa wie alle andren un doch mit seine Keegls am zockn wa.
„Hömma du Wüamcken," rief der Rieese „Ker, wat tuhsse mit meine Keeglns am keegln machn? Wer haddich de Stäake dafüa gegeehm?"

Dea Könichsbengl glotzte auf, sah den Rieesn an un sachte zu dem:

„O du aama Kawenzmann von Kel, du meinz wohl, du hättest allein de stäakztn Aame? Hömma, ich kann allet, wozu ich Bock drauf happ, vastehsse!?"

Dea Rieese kam runna, sah den Keegln bewundat zu un sachte: „Menschnzblaach, wennze deaaat gut drauf biss, so geh doch un hol mich nen Appl vom Bäumken det Leehms."

„Hömma, wat willze denn damit?" spraach der Könichbengl.

„Ker hömma, ich will den Appl donnich füa mich," antwoatete dea Rieese, „abba ich happ ne Braut, se valankt danach, weisse; ich bin schonn umme ganze Welt umheagelaatscht un konnte dat Bäumke nich findn, weisse!"

„Hömma du olln Wemsa, ich will füa dich dat Bäumken schonn findn machen," sachte dea Könichssohn, „ker, ich weiß au nich, wat mich davon aphaltn sollte, dich'n Appl davon runnazuholn."

Dea olle Rieese spraach:
„Ja nee, is klaa! Du meinz wohl dat wäare so leicht? Hömma, der Gaatn, worinne dat Bäumken am stehn tut, is vonnen eisanen Gitta umgeehm un voa den Gitta, sin wilde Viechas am lieegn, einz neehm den andren, se haltn den ganzn Tach Wache un lassn keine Sau hinein."

„Ach ker, mach dich ma nich inz Hemdken hömma, ich wead dat Blaach schonn schaukln," sachte dea Könichssohn.

„Ja weisse, gelankzte au innen Gaatn un siehs de Äppl am Bäumke hängn, so sin se nonnich deine: et hänkt'n Ring davoa

98

duach den musse ne Poote steckn tun, wennze den Appl eareichn un appflückn willz un dat is bishea noch kein Aasch gelungn, vastehsse!?"

„Ah wat, mich sollz schon glückn," spraach dea Könichsohn.

Da naahma Apschiet vom Rieesn un veapisste sich inne weite Welt, er ging übba Beach un Tal, duach Felda un Wälda, bissa entzlich den Wundagaatn fant.

Illustration: **Otto Ubbelohde** 1867 – 1922 (Bild-PD-alt)

De wildn Tieare laagn doat rinkzhearum, abba se hattn de Köppe gesenkt un waan am Pennen dranne. Hömma, se eawachtn au nich, alza hearan kam, sondan et traat übba se hinwech, stieech übba dat Gitta un kam glückzlich innem Gaatn.

Da stant mittn drinne, dat mächtige Bäumke det Leems un de rootn Äppl leuchtetn anne Äste, wie ne Funzel inne Nacht. Er klettate annem Stamm inne Höhe un wieja nachm Appl grapschn wollte, saahra davoa nen Ring am hängn, abba er streckte seine Flosse ohne Mühe hinduach un pflückte den Appl. Hömma, da schloß sich der Ring um sein Aam un er fühlte, wie auf eima ne gewaltige Kraft duach seine Aadans drang. Alza mittn Appl widda vom Bäumken hearapgestieegn wa, wollta nich übba dat Gitta klettan tun, sondan er ging zurem mächtign Tor, packte nua kuaz dranne, rüttelte eima, so sprang et mit gewaltign Krachn offm. Er ging hinaus, dea Lööwe, dea davoa gelegn un gepennt hatte, wachte auf un sprang ihm nach, abba nich in Wut un Wildheit, sondan er folchte ihm demüütich alz sein Herrn nach, weisse.

Dea Könichssohn brachte dem Rieesn den vaspochnen Appl un spraach:
„Kumma, siehsse hia, ich happ dein Appl ohne Mühe geholt."

Dea Rieese wa mächtich froh, dat sein Wunsch alzbald eafüllt wa, eilte wacka zu seina Braut un gaap se den Appl, den se valankt hatte. Hömma, et wa ne schnieke un kluuge Jungfrau un da se den Ring nich an seinem Trommelstock am seehn tat, sachte se zu ihm:
„Ker hömma, ich glaup dich nich eha, datte den Appl geholt hass, alz ich den Ring an dein Aam am sehn tu."

„Hömma, ich brauch nua kuaz bei mich heim zu gehn machn un ihn holn tun,"

sachte dea Riese un meinte, et wäare ja ein Leichtet, den schwächlichn Könichsbengl mit Gewalt den Ring apzeneehm.

100

Er ging zurück un foadate den Ring, abba der Könichsbengl weigate sich.

„Ker, wo der Appl am sein tut, da muss au der Ring sein tun," spraach dea Rieese, „hömma, gippze mich nich gutwillich den Ring raus, so musse leida mit mich darum Kämpfm machn."

Hömma, se rangen ne ganze Zeit mittenanda, abba dea Rieese konnte dem Könichssohn, den de Zaubakraft det Rings stäakte, nix anhaabm. Da besann sich dea Rieese auffe List un spraach: „Ker, wat binnich vom Kampf am ööln dranne un du auch, woll! Hömma, wolln wa unz nich im Fluß apkühln machn, bevoa wa widda anfangn unz käbbeln zu tun?"

Hömma, dea Könichssohn, dea vonne Falschheit det Rieesn nix wusste un aahnte, ging zueast mit ihm zum Wassa, um ein bissken zu Paddln. Er streifte mit seinen Plörren au den Ring vonne Trommlstöcke un hüppte mit nem Satz inne Emscha. (Ker hömma, da wa se noch keine Köttlbecke, weisse).
Alzbald schnappte dea Rieese sich den Ring un lief wacka wech, abba der Lööwe, dea den Diepstahl bemeakt hatte, feckelte dem Rieesn nach. Er biss ihn inne Fott un riss ihm den Ring ausse Poote un brachte ihn seinen Herrn widda zurück.

Da stellte sich dea Rieese hinta nen Eichnbäumken un alz dea Könichssohn beschäfticht wa, widda seine ganzn Klamottn anzuströppm, da übbafiehla ihn un stach ihn beide Klüüsn aus. Nun stanta da, dea aame Könichssohn, wa blind un wusste nich sich helfm zu machn. Da kam dea Rieese widda heabei, fasste ihn anne Flosse, wie jeemand dea ihn leitn wollte un füahrte ihn auffe Spitze eina hohn Halde un ließ den Könichssohn doat allein am stehn un dachte sich häämisch:

„He He He, nochn paar Schrittkes weita, so stüazta sich tot un ich kannin den Ring apziehn tun."

Abba dea teue Lööwe hatte sein Herrn nich valassn, nee, er hielt in an seinen Klamottn fest un zooch ihn allmäählich widda vom Apgrund zurück. Alz dea Rieese zurück kam un sich vonnem Tootn den Ring holn zu machn, saahra dat seine List vageebms wa un sachte:
„Ker, issn son schwachet Menschnblaach nich tot zu kriegn!"

Zoanich packte er den Könichssohn un füahrte in einet andren Weegz nomma zum Apgrund; abba der Lööwe, dea treue Gesell, dea de bööse Apsicht det Rieesn bemeakte, half abbamaalz seinen Herrn ausse Gefahr, weisse. Denn alzse näha zum Rande gekomm waan, ließ dea Rieese de Flosse det Blindn los un wollte ihn allein zurücklassn, abba dea Lööwe nich däämlich hömma, stieß den Rieesn, so datta selpz den Apgrund runnapuazelte un untn auffm Boodn zeaschmettate. Hömma, dat treue Tier zooch seinen Herrn widda vom Apgrund in sichre Gefilde zurück un lehnte ihn an nem Bäumken, an dem au ne klaare Becke floß. Dea Könichssohn pfleetze sich auffe Fott un abba dea Lööwe leechte sich hin un spritze ihm seine Tatze Wassa ausse Becke inne Visaage.

Kaum hattn nen paar Tröppken seine Augnhööhln benetzt, so konnte er widda wat sehn tun un bemeakte nen Vögelken, dat flooch ganz nah an seinem Deetz voabei, stieß sich abba sein Köppken annem Bäumstamm; hiarauf ließ et sich inz Wassa plumpzen un baadete darinnen, dann flooch et weita, un et flooch zwischn de Bäumkes so rasant umhea, ohne sich nomma anzestooßn, alz hätte et seine Visaage widdabekomm. Da eakannte dat Könichsblaach, den Wink Gottes, neichte sich zua

Becke runna, baadete sich darinnen un wusch sich mittm töftn Wassa de Fresse. Un alza sich widda aufgerichtet hatte un ausse Becke stiech, da waan seine Glupschas widda so hell un rein, so wiese nonnie geweesn waan, aun Naasnfarrat von Fielmann wa nich mehr nötich, vastehsse!?

Dea Könichssohn danke Gott füare mächtige Gnaade hömma un zooch mit seinen Lööwn weita inne Weltgeschichte hearum. Nun truuch et sich eima zu, datta voa nem Schlössken am stehn kam, welcht abba vawünscht wa, weisse. Hömma, voa dem Toare stand ne schnieke Jungfrau, sc wa von feinen Antlitz, abba ganz schwatt. Se quatschte dummet Zoichs un sachte: „Ach ker, könntesse mich wohl ealöösn machn?"

„Jau ey! Is doch wohl Logo, weisse. Damma Butta beie Fische un sach mich, wat ich machn soll?" sachte dea Könichssohn.

De Jungfrau antwoatete ihm:
„Ja, dann hömma zu, du muss drei ganze Nächte innem mächtign Saal det vawünschtn Schlösskes zubringn machn, abba et daaf dich keine Angst un Fuacht im Heazken komm tun. Au dann nich, wennse dich biss auf dat äagste am quääln tun un du, nich nen mickrigstn Laut von dich gippz, nua dann binnich ealööst, weisse. Hömma, dat Leehm düafn se dich abba nich nehm tun, weisse Bescheit, woll."

„Ker hömma, ich füachte mich nich, ich willet auf alle Fälle mit Gottes Hilfe vasuuchn machn, datte nich weita so schwatt da am stehn muss," sachte dea Könichssohn.

Also laaschte er frööhlich inz Schlösske hinein un alz et Aahmt waad un Dunkl wuade, pfleetzte er sich innem mächtign Saal nieda un waatete auffe Dinge, die da komm solltn. Hömma, et wa abba muckzmäusken still bis Mittanacht, abba da fing auf eima nen grooßa Läam am scheppan an un aus alln Eckens un Winkelz kamen mickrige Deibels heabei. Se taatn, alz opse ihm nich sehn tun, se setztn sich mittn im Saal nieda un machtn nen Feujaken an un fingen am schwoofn un spieln an.

Hömma, wenn eina ma valoa spraacha imma:

„Ker, et is nich richtich, et is eina da, der nich zu unz gehöan tut. Hömma, der is schuld dat ich imma valiean tu."

„Watte ich komme, du hintam Ööfken," sachte nen andra.

Ker hömma, dat Schrein waad mitma imma mächtiga, so dat et niemand ohne Muffensausn eatraagn hätte könn. Dea Könichssohn abba bliep ganz ruhich am sitzn un hatte kein Muffmsausn, weisse. Doch da hüpptn de Deibels mitma voa ihm auffe Eade un fieln übba ihn hea un et waan so mächtich viele, weisse, datta sich ihnen nich eawäahrn konnte. Se zearrtn ihn auffm Boodn hearum, zwicktn, kniffm, staachn, schluugn un quaäältn ihn auf Deibl komm raus, abba er gaap nich ein Ton von sich. Geegn Moagn vapisstn sich de klein Geista widda un dea Könichssohn wa so schachmatt, hömma dat kannze dich gaanich voastelln tun.

Alza aufstehn wollte, wa ihm so kodderich un er hatte Pinne ohne Ende, weisse, so schlimm, datta kaum seine Porreepiepm un Trommlstöckskes reegn konnte; alz abba der Tach anbraach, da traat de schwatte Jungfrau zu ihm hearein. Se truuch inne Poote ne kleine Pulle bei sich, worin dat Wassa det Leehms wa, damit wuusch se ihn un alzbald wa widda allet paletti, alle Pinne veaschwandn un er meakte, wie frische Kraft duach seine Aadan floß un spraach zu ihm:

104

„Hömma, ne Nacht hasse schonn glückzlich übbastandn, abba noch zweie stehn dich bevoa. Meinze du hälz nomma stand?"

„Abba sicha dat, ich bin doch keine Bimmlbiane, weisse."

Da ging se widda wech un im Wechgehn bemeakte er, dat ihre Kwantn nich mehr schwatt waan, sondan weiß wuadn. Inne folgndn Nacht kamen de Deibls widda un fingn ihr Spielken aufs neuje an; se fieln übba den Könichssohn hea un schluugn ihn viel häata alz de Nacht zuvoa, hömma, so schlimm, dat sein ganza Balch volla Wundn wa. Doch er wa ganz stikkum, er ertruuch de Pein un sachte nich´n Muckz. Weila sich nich reechte un still wa, ließn se von ihm ap un vapisstn sich widda un alz de Moagnrööte anbraach, easchien ihm widda de Jungfrau un heilte seine Wundn mittm Leehmswassa.
Hömma, als se widda wechging, saahra mit Froidn, dat se schonn fast weiß gewoadn wa, biss zuare Grifflspitzn is de Weiße schonn voagedrungen. Nun hatte er noch eine Nacht voare Brust, abba et wa de allaschlimmste, die de dich nua voastelln kannz. Dea Deiblspuuk kam widda un se schrieen: „Ker, bisse noch da? Hömma, du sollz getz auf äußaste gepeinicht weadn, dat dich der Aatm am stehn bleipt, weisse."

Se staachn un schluugn ihn heftich, waafm ihn hin un hea, se zoogn ihn anne Kackstelzn un Trommlstöcke, alz wolltn se ihn zeareissn; abba dea Könichssohn eaduldete allet un gaap au diesma kein Muckz von sich. Entzlich vaschwandn de klein Deibls widda, abba er laach oohmmächtich un reechte sich nich mehr; er konnte au nich mehr de Klüiisn auftun, um de Jungfrau sehn zu tun, die bei Moagnanbruch hearein kam, um ihn mittn Wassa det Leehms zu behandln. Se benetzte un begoß ihn mittn Wassa det Leehms un siehe da, alzbald waan alle

Pinne un Wundn vaschwundn un er fühlte sich frisch un gesund, alz wäara vom Pennen eawacht. Wieja seine Klüüsn aufschluuch, so saahra de Jungfrau neebm sich am stehn, hömma, se wa schneeweiß un schöön wie der helle Tach.

Illustration: **Otto Ubbelohde** 1867 – 1922 (Bild-PD-alt)

„Ker, steh getz ma auf," sachte se „un schwing dein Schweat dreima übba de Treppe, so is dann alla Zauba ealööst, weisse."

Alza dat gemacht hatte, wa dat ganze Schlössken vom Zauba befreit un de Jungfrau waad ne reiche Könichstochta. De Dienas kamen un sachtn, dat im grooßn Saal schonn de Taafl gedeckt sei un allet an Fuusl un Futta aufgeraagn wäare. Da setztn se sich nieda, spachteltn un süppeltn zusamm un aahms waad dann de grooße Hochzeit gefeijat, weisse.

*** ENDE ***

Daumsdick

Ker hömma, da wa eima nen aama Bauasmann, dea saaß aahms
beim Head un schüarrte dat Feuja un seine Alsche saaß neehm
ihn un spann, da sachta zu se:
„Ker, ker, ker, wie isset doch traurich hömma, dat wa keine
Blaagn haabm! Weisse wat Muddi? Et is so stikkum bei unz
inne Hütte, abba inne andren Häuskes isset so laut un lollich."

„Jau," sachte seine Olle un seufzte, „wenn´z doch nua ein
mickriget einziget Blaach wäar, nua Daumsgroß. So wollt ich
schonn zufriedn sein; wia hättenz doch von Heazn lieb, nä."

Nun geschah et, dat de Olle kodderich waad, nen Braatn inne
Röhre hatte un nach sieem Monaatn nen Balg gebar, dat zwaa
an alln Gliedan vollkomm, abba nich länga wien Daumen wa.
Da spraach se:
„Hömma Alta, et is so wie wa et unz gewünscht haabm un et
soll unsa liepztet Blaach sein" un nanntn ihn Daumsdick.

Se ließn et dem Gör nich an Nahrunk fehln tun, abba dat
Blaach waad nich größa gewoadn, sondan bliep so mickrich,
wie inne eastn Stündkes nache Gebuat; doch glozte et
vaständich ausse Klüüsn un zeichte sich alz nen kluget un
behendet Blaach, dem allet glückte wat et anpackte, vastehsse!
Dea aame Baua machte sich einet Tachs füarn Wald feddich um
Holz fälln zu gehn, da spraacha so voa sich hin:
„Ker, ich wollt, dat eina da wäar, dea mich den Karrn brächte."

„Och Vadda, den Karren willich dich schonn bringn tun, da
kannze ein drauf lassn. Hömma, dea wirsd schonn dasein tun,"
sachte Daumsdick.

Da geijate der oll Baua voa sich hin un spraach:
„Ja hömma, wie soll dattn vonstattn gehn, du biss doch zu mickrich, um den Zossn mitte Züügl zu leitn, weisse."

„Ker Vadda, dat tut nix zua Sache, wenn nua de Mudda den Gaul anspann will, ich setz mich dem Zosse inz Öaaken un ruf dem zu, wieja den Weech am laufm hat."

„Nu ja," antwoatete sein Vadda, „eima könn wa et ja ma vasuuchn machn."

Alz nun dat Stündken kam, spannte de Mudda den Gaul voam Karrn un setzte Daumsdick inz Öaaken vom Zossn un dea mickrige rief, wie dea Gaul laufm sollte.
„Jüüh un jooh! hott un haar," rief dea kleine Bengl.

Hömma, du glaupzet nich! Dat ging ganz oandlich, alz wäara nen Meista, dea Karrn fahrn tut un fuhr den rechtn Weech nachm Walde. Et truuch sich abba zu, alza ebent umme Ecke booch un dea mickrige Bengl „haar, haar" rief, dat zwei fremde Seegas dahea kamen.

„Ach du scheiße," spraach dea eine, „hömma, wat is dattn? Da fäahrt nen Karren un nen Fuahrmann ruft dem Zossn zu, is abba donnich am sehn."

„Ker, dat geht hia nich mit rechtn Dingn zu," spraach dea andre, „wia wolln den Karrn folgn un sehn wat hia Ambach is."

Hömma, dea Karren fuhr abba vollentz weita innem Wald hinein un zurem richtigen Platze, wo dea Vadda dat Holz gehaun hatte. Alz Daumsdick sein Vadda sah, riefa ihm zu:

„Vadda siehsse, da binnich, getz hol mich ma wacka runna."

Dea Vadda packte den Gaul mitte linkn Poote un holte mitta rechtn Flosse, sein Bengl aussm Öaaken det Zossen, dat sich ganz anschließend lollich auffm Strohhalm niedasetzte. Alz de beidn fremdn Seegas Daumsdick eablicktn, wussten se voa Vawundarunk nicht, wat se saagn solltn.

Da nahm dea eine den andren beiseite un spraach:
„Ker hömma, mittn kleinen Bengl könntn wa unsa Glück machn tun, wennwa den inne grooßn Stadt füa einige Moneetn heazeign ließn. Komm, wia wolln ihn apkaufm machn."

Se gingn zum Bauan un sachtn:
„Ker samma, wollze unz den mickrign nich veaschachan? Hömma, er sollz bei unz richtich gut haabm tun."

„Nee," sachte dea Vadda, „dat könnta euch vonne Backe putzn, er is mein Heazblättken un er is mich füa allet Gold inne Welt nich zu veascheabln, wissta!?"

Daumsdick abba, alza von den Handl höaate, wa anne Rockfaltn seinet Vaddas hochgekrabblt, stellte sich ihm auffe Schulta un wisspaate ihm inz Öaaken:
„Ey Vadda, gipp mich den fremden ruhich hin, ich weade schonn alzbald widdakomm tun."

Da gap ihn dea Vadda füa ne schöne Stange Monetn den beien Seegas mit.
„Hömma, wo willze hockn tun," sachtn de fremdn Keale zu ihm.

„Weisse, dat is mich schnuppe, abba auffm Rand vom Hüütken,

da könnt er mich gefalln tun. Da oohm könnt ich'n bissken rumspaziean un mich de Geegent bekuckn un falle nich runna."

Se taatn ihn sein Willn un alz Daumsdick von sein Vadda Apschiet genomm hatte, machtn se sich aufm Weech inne große Stadt. Se laatschtn biss et dämmarich wuade, da spraach der Mickrige:
„Ker hömma, heep mich ma runna, et ist ma nöötich, weisse."

„Ach weisse, bleip ma da wohe am sein biss," sachte dea Seega, auf dessen Kopp er saß, „ich will mich schonn nix draus machn, wennze mich beschiffs, de Vögelkes lassn mich au appmzu wat drauf falln."

„Nee, dat kommt mich nich inne Tüüte," sachte Daumsdick, „ich weiß wat sich schickn tut; also heep mich ma wacka runna, ich muss kachn."

Der Seega nahm dat Hüütken vom Kopp un setzte den Mickrign aufm Acka det Weechs, dea abba hüppte so schnella konnte runna un vaschwant inne Büsche, damitta sein Geschäft ealeedign konnte. Hömma, er hüppte un kroch zwischn de Steinkes hin- un hea un schlüppte mitma plötzlich in son Mäuskenlöchsken, datta aufm Feld gefundn hatte.

„Guutn Aahmt un guutn Weech ihr fremdn Herrn, geht ma ruhich ohne mich un macht euch vom Acka," riefa den fremdn zu un beömmelte sich.

Se liefm beide wacka heabei un stochaatn mittn Stöcksken im Mäuskeloch hearum, abba et wa vageebliche Mühe, weisse. Daumsdick kroch imma tiefa hinein un da et bald dunkl waad,

so musstn se bräsich un mit leean Pootn widda heim wandan. Alz Daumsdick meaktc, dat dc frcmdn Seegas foat waan, krocha aussm Löchsken heavoa un spraach:
„Ker, et is hia auffm Felde inne Finstanis abba ganz schöön gefäahrlich zu gehn, da kannze dich ja ganz wacka den Halz un de Porreepiepm brechn tun."

Zu seinem großn Glück fanta doat inne Kapaatn nen leeret Schnecknhäusken un setzte sich hinein.
„Gottloop," sachta, „hia kannich de Nacht sicha vabringn tun."

Er leechte sich hin, abba nich lange, alza einratzn wollte, so höaate er zwei Keale voarübbagehn, davon spraach dea eine:
„Ker, et is ja zum Mäuskenmelkn, wie wa et anfangn tun, den reichn Pfaffm de Pinunsn un dat Silba zu stebitzn, is mich nochn Räätzl."

„Hömma, dat könnt ich dich saagn," rief Daumsdick.

„Ker, wat wa dattn?" spraach dea andre Dieb ganz easchrockn, „weisse wat? Ich höaar Stimmen, wo keina am dasein is, abba ich höaar jemand kwatschn."

Se bliebm beide am stehn un hoachtn, opse nowat höaan tun. Da spraach Daumsdick widda:
„Wissta wat? neehmt mich ma mit, so willich euch helfm tun."

„Ja ker, wo bisse denn am sein?" antwoateten de Halunkn.

„Ja kumma un suucht hia auffm Boodn un meakt euch von wo de Stimme heakomm tut," antwoatete er."

Da fandn ihn de Halunkn entzlich un hoobm ihn inne Höhe.
„Ey du kleina Wicht, wat willze unz denn helfm machn!"
spraachn se.

„Ja kumma," antwoatete Daumsdick, „ich kann zwischn de
Eisnstääbe innet Kabüffken det Pfaffm reinkriechn un reiche
euch dat ganze Gelumpe, watta haabm wollt raus, vastehsse!?"

„Wohlan, dat is ja töfte hömma," sachtn se, „wia wolln ma
sehn tun, watte kannz."

Alz se am Pfarrhäusken angekommen waan, kroch Daumsdick
beheebich inz Kabüffken det Pfaffm, schrie un krakeehlte abba
gleichhalz aus Leibetkräftn:
„Hömma, wolla allet haabm tun, wat hia am sein is?"

De beidn Halunkn easchraakn mächtich un sachtn:
„Ker, hasse ein am Kopp, kwatsch ma n´ bissken leisa, dat
keina wach weadn tut."

Daumsdick abba tat so, alz hätta se nich gehöaat un schrie von
neujen:
„Ker, wat wolla getz, wollta allet wat hia am sein is, oda wat?"

Dat höaate de Köchin, die inne Stuube pennte, richtete sich
wacka ausse Fuazmolle auf un hoachte wat Ambach is. De
Halunkn waan deaweil ein Stücksken det Weechs zurück-
gelaatscht, dann faßtn se abba widda Mut un dachtn:
„Ker, dea kleine Wicht will unz nua neckn machn."

Se kamen zurück un flüsstatn ihn zu:
„Nun mamma hinne un reich unz wat vonnem Gelumpe raus."

Hömma, da schrie Daumsdick noch eima, so laut er konnte: „Abba sicha dat, ich will euch ja allet geebm tun, reicht mich nua eure Flossn hinein, dann krichta dat Gelumpe."

Hömma, dat höaate de hoachende Maacht ganz deutlich, sprank ausse Poofe auf un stolpate zua Tüar hinein. De beidn Halunkn liefm wacka wech un wetztn wat se konntn, alz wäar dea wilde Jääga hinta se hea; de Maacht abba, alz se nix bemeakn konnte, ging ne Latüchte anzündn. Wiese damit hearankam, machte sich Daumsdick, ohne datta geseehn wuade, hinaus inne Scheune; de Maacht abba, alzc alle Winkl duachsuucht un rein gaanix gefundn hatte, leechte se sich widda inne Poofe un glaupte, se hätte mit offnen Klüüsn un Ooahn nua schlechte Träumkes gehappt.

Daumsdick wa deazeit inne Heuhälmkes rumgeklettat un hatte nen töftn Platz zum Pennen gefundn: da wollte er sich ausruhn, biss der Lorenz am Moagn eawacht, um zu seine Eltanz heimzugehn. Abba er musste andre Dinge eafahrn; ja denn et gaap viel Trüüpsal un Not auffe Welt! De Maacht stiech alz dea Moagn graute, schonn ausse Poofe um dat Vieh zu füttan. Ihr easta Gang wa inne Scheune, wose nen Aam voll Heu packte, ausgerechnet dat, wo Daumsdick drinne am ratzn laach. Hömma, er pennte abba so fest, datta et nich gewahr waad un nich eher eawachte, alz bissa inne Muhle vonne Kuh wa, die ihm mittn Heu aufgerafft hatte.

„Ach, du meine Güüte, wie binnich denn hia inne Walkmühle gcraatn!" riefa un meakte abba alzbald wo er wa; da hieß et aufpassn datta nich zwischn de Hauas vonne Kuh gelankte un zeamalt waad un er musst aunoch mit in den Maagn hinaprutschn un spraach:

„Ker, hia innem Stüüpken hamse ja de Fenstakes vagessn un et
tut hia aunich der Lorenz reinschein; ker, unne Latüchte wiad
aunich gebracht."

Übbahaupt gefiel ihn sein Kwatier mehr schlecht alz recht,
weisse un wat dat schlimmste wa, et kam imma mehr neujet
Heu zua Tüar hinein un der Platz waad imma enga. Da riefa
entzlich voa Muffmsausn, so laut er konnte:
„Ker, brink mich kein neujet Futta mehr."

De Maacht melkte graade de Kuh un alzse dat kwatschn
höaate, ohne irngseine Sau zu sehn un et de selbe Stimme
waad, diese inne Nacht vanommen hatte, da easchrak se so
heftich, datse vom Melkstühlken fiel un de ganze Milch
vaschüttete. Se ließ so wacka mit größta Hast zm Herrn un rief:
„Ach, jotta jotta jottchen, Herr Pfarra, de Kuh is am kwassln
dranne."

„Hömma bisse vaarückt," antwoatete der Pfaffe, ging abba
selpz im Stall kuckn, wat da Ambach wäare.

Kaum hatta nen Flunkn reingesetzt, rief Daumsdick aufs neuje:
„Ker, ich happ do schomma gesacht, bring mich kein frischet
Futta mehr!"

Da easchraak der Pfaffe selpz, meinte abba, et wäare nen böösa
Geist inne Kuh gefahrn un ließ se töötn machn. Se waad
geschlachtet, der Maagn abba, wo Daumsdick drinne steckte,
waaad auffm Mist gewoafm, weisse. Daumsdick alladinkz
hatte mächtich Mühe sich hinduach zu aabeitn um da
rauszukomm, doch brachte er et schließlich feddich, datta Platz
bekam. Abba alza sein Deetz rausstreckn wollte, kam dat

114

nääste Unglück hömma. Denn nen hungriga Wolf lief hearan un veaputzte in nua einem Satz den ganzn Maagn. Abba Daumsdick valoar den Mut nich. „Vielleicht," dachta, „läßt der Wolf mit sich kwatschn" un rief ihn aussm Wampzte zu:

Illustration: **Otto Ubbelohde** 1867 – 1922 (Bild-PD-alt)

„Hömma lieba Wolf, ich weiß nen lekkren Fraaß füa dich."

„Ja ker, wo issa den zu holn?" spraach dea Wolf.

„Da, in dem un nem andret Häusken, da musse duache Gosse reinkrabbln machn un wiast Kuuchn, Speck, un Wuast am findn tun, so viel wieje futtan willz un kannz, weisse"

un beschriep genau den Weech, zu seinet Vattas Häusken. Dea olle Wolf ließ sich dat nich zweima saagn, dränkte sich inne Nacht zua Gosse hinein un spachtelte nach Heazenzlust de Speisekamma leer. Alza pappsatt wa, wolla foat, abba er hatte sich so fett gefressn, datta den selbm Weech nich widda raus konnte. Hömma, damit hatte Daumsdick gerechnet un fink im Wampz det Wolfs heftich am Läamen un schrie lauthalz umher.

„Ker, willze wohl stille sein," spraach dea Wolf, „du tuhs de Leutz am aufweckn machn."

„Ach wat," antwoatete dea kleine Wicht, „du hass dich fett gefressn un ich will mich getz lustich machn, weisse"

un fing weita aus allen Kräftn zu zäätean un lamentiearn. Hömma, davon eawachte Vadda un de Mudda von Daumsdick, liefm anne Kamma un glotztn duach nen Spalt hinein. Wie se saahn, dattn Wolf drinne hauste, liefm se wacka davon. Dea Baua holte ne Axt un seine Olle ne Sense.

„Ker du ollet Mistvieh, bleip bloos da am stehn," sachte dea Baua, alza inne Kamma traat. „Hömma Olle, wennich dem nen Schlach mitte Axt geebe un er davon nonich tot sein tut, dann tu ma feste auffm eindreschn un ihn den Leip zu zeaschneidn."

Da höaate Daumsdick de Stimme seinet Vaddas un rief heftich: „Hömma liepzta Vadda, ich bin hia im Wolf am drinne sein"

Da antwoatete dea Vadda volla Froide:
„Ach jotta jotta jottchen, wia haabm unsa kleinet Blaach widdagefundn"

un hieß der Olschn de Sense wechzutun, damit Daumsdick nich beschädicht wiad. Er holte aus, vasetzte den Wolf nen Schlach auffm Kopp, datta tot umfiel. Se holtn Zachl un Scheere, schnittn den Wampz offm un zoogn den Kleinen widda heavoa.

„Ach mein lieba Bengl," sachte dea Vadda, „Ker wat haabm wa unz Soagn um dich gemacht. Ker, wat meinze, wat wa allet ausgestandn haabm, wia dachtn schonn du biss untam Toaf un wüadn dich nie mehr widdasehn tun!"

„Ja weisse Vadda, ich bin ebent weit umme Welt rumgekomm; gottloop, dat ich widda frische Luft schöppm kann! Im Wolf wa et ja schlimma wie unta Taage im heißn Streeb, weisse."

„Ja samma, wo waasse denn übbaall geweesn?"

„Ach Vadda, ich wa innem Mäuskenloch, innem Bauch vonna Kuh un im Wampz einet Wolfs; nun tu ich füa imma bei euch am bleibm."

„Ker, wia veascheuan dich au um alle Reichtüüma vonne ganzn Welt nich widda," spraachn de Eltans.

Se heaztn un knuutschtn ihrn liepztn Daumsdick un gaabm ihm wat zu spachtln un zu süppln un ließn ihm neuje Plörren machn, denn seine altn Klamottn waan ihm auf seina langn Reise im aasch gegangn.

*** ENDE ***

De beidn Könichblaagn

Hömma, et wa eima nen Könich, dea hatte nen kleinen Bengl bekomm, in dessn Steanbild hatte gestann, er wüade ma vonnem Hiiaschn apgemuakzt weadn, wenna sechzenn Jäahrchen oll wäar.

Alz dea kleine Bengl nun hearangewacksn wa, da laatschten de Jäägas einet Tachs mit ihm auffe Jacht. Doch im Wäldken vaschwand mitma dea Könichssohn, weila vom Weech apkam un sah mitma nen mächtich großn Hiiaschn, den wollte er apknalln, konnte ihn abba nich treffm tun. Er waad den Hiiaschn so lange hintaheagelaatscht, bissa ganz aussm Wäldken rauskam. Auf eima stant statt det Hiiasches, nen mächtiga Lulatsch von Keal voa ihm un sachte:

„Ker, dat is gut, dat ich dich haabm tu; ich hap schonn secks Paar gläasane Schlittschühkes hinta dich kaputt gejaacht un happ dich nich kriegn könn.“

Dea lange Lulatsch nahm ihm mit sich mit un schleppe ihn duachn großet Wassa einet Könichsschlössken. Da musste er sich mit anz Tischken setzn tun un wat futtan. Alze zusamm gespachtelt hattn, sachte der Könich:

„Hömma, ich happ drei Schicksn, beie älstn musse ne Nacht wachn, von aahms neune biss moangs um seckse, weisse un ich komme jedetma, wenn dat Glöckzken schläächt, selba voabei un ruufe; un wennze mich nich antwoatn tuhs, so wiasse moangs apgemuakzt, wennze mich abba ne Antwoat gibbz, so sollze se zua Olschn haabm.“

Alz de jung Leutz nun inne Schlaafkamma kamen, stant da nen steinana Christoff, da sachte de Könichstochta zu ihm:

„Ker hömma, um neune kommt mein Vadda alle Stündkes, biss
et drei schläächt voabei; wenna fraacht, so geept ihr Antwoat
anstatt det Könichssohns."

Illustration: **Otto Ubbelohde** 1867 – 1922 (Bild-PD-alt)

Da nickte dea steinane Christoff mittn Kopp ganz heftich, dann
imma langsama, bissa zuletzt widda stillstant.
Am andren Moagn sachte dea Könich zum Könichsbengl:
„Ker, da hasse deine Sache abba töfte gemacht, abba ich kann
mein Töchtaken nich heageehm tun, du müsstet nomma ne
Nacht beim zweitn Töchtaken wachn machn, dann willich

119

nomma drübba nachdenkn tun, oppe meine älste Schickse zu Olln haabm kannz. Abba ich komm widda alle Stündkes selpz voabei un wennich dich ruufm tu, so antwoatesse mich un wennich ruufe un du antwoates nich, sosoll dein Blut füa mich fließn."

Dann laatschtn de beidn jungn Leutz widda zusamm inne Schlaafkamma, da stant nochn größra steinana Christoff, zu dem de Könichstochta sachte:
„Hömma, wenn dea Vadda fraagn tut, so tuhsse antwoatn, nä."

Da nickte der mächtige Christoff heftich mittn Dätz, dann imma langsama, bissa zuletzt widda stillstant.
Dea Könichsbengl leechte sich nun auffe Tüarschwelle, packte seine Poote untam Deetz un ratzte ein. Am andren Moagn sachte dea Könich widda zu ihm:

„Hömma, da hasse deine Sache widda töfte gemacht, abba mein Töchtaken kannich dich imma nonnich geebm machn. Du muss au noch beie jünkztn Könichstochta ne Nacht wachn machn. Un ich weade mich dann bedenkn, oppe meine zweite Schickse zur Alschn bekommz. Hömma, ich komm abba widda alle Stünken selpz voabei; un wennich dich ruufm mach un du tuhs nich antwoatn, dann is füa dich Schicht im Schacht un dein Bluut soll fließn machen, weisse."

Dann laatschtn se beide auf ihre Schlaafkamma. Ker hömma, da wa nochn größra un mächtiga Christoff drinne am stehn un de Könichtochta sachte zu dem:
„Hömma Christoff, wenn mein Vadda ruufm macht, so tuhs du ihn antwoaten, nä!"

Der mächtich große steinane Christoff nickte wohlwollnt nen halbet Stündken mittn Köppken, bissa entzlich stillstand. Dea Könichsbengl leechte sich darauf auffe Tüarschwelle un pennte ein. Allet valief wie de voarign Nächte, dea Könich kam jedet Stündken angetraapt un fruuch un imma antwoatete dea steinane Christoff.

Am annern Moagn sachte dea Könich zum Könichsbengl: „Hömma, dat hasse widda guut gemacht, abba mein Töchtaken kannze nich kieegn. Hömma, ich hap da nen großn Wald anne Hand, den musse von heute Moang secckze biss aahms um seckze apholzn machn; dann wead ich mich de Sache nomma bedenkn tun."

Dea Könich gaap ihn darauf ne glääsane Axt, nen glääsanen Keil un ne glääsane Holzhacke beie Pootn. Wieja nun inz Holz kam, hackte er nua eima mitte Axt, da wa se ruckizucki im arsch; dann nahma den Keil inne Flosse un schluuch eima mitte Holzhacke darauf, da wa diesa so kuaz un mickrich wie nen Steinken. Ker hömma, dat betrüüpe den Bengl sehr, weila ja glaupte, getz steabm zu müssn un er pfleetzte sich hin un fink am heuln. Alz et Mittach gewoadn wa, da sachte dea Könich zu seine Schicksn:
„Hömma, eine von euch Mädkes muss ihm wat zu Spachtln bringn."

„Nee, is nich, dat kannze vagessn weisse, wia woll ihm nix bringn tun, soll doch de jünkzte, bei deera de letzte Nacht gewacht hat, ihm wat bringn machn," sachtn de älstn Schicksn.

Nun wa et beschlossne Sache, dat de jünzte ihm wat zu Spachtl bringn sollte. Wiese innem Wald kam, fraachte se ihn, wie et

ihm so ginge? Et gehe ihm sehr schlecht, sachta. Da sachte se, er solle ma bei se bei komm un ein wenich wat spachteln tun. Nein, sachta darauf, dat könnta nich machn, denn er müsse ja doch bald inz Grass beißn un steabm un wolle dahea nich mehr Futtan. Se sachte ihn viele töfte un aufmuntande Wöatas, er möge et domma vasuuchn un sich den Wamz vollschlaagn, dammita beie Kräfte bleibm tut. Entzlich nach langn Gelaaba, kama bei se bei un futtate davon. Alza nen bissken gespachtelt hatte, sachte se:
„Ker, damitte auf andre Gedankenz kommz, willich dich ma nen bissken krauln machn."

Se betatschte un kraulte ihn, dat machte ihm so richtich kolone, datta einpennte. Dann nahmse ihr Tüüchsken, band nen Knootn rein, schluch et dreima auffe Eade un sachte:
„Wacka Maloocha, los kommt bei mich bei!"

Hömma, da kamen sogleich mächtich viele, sehr sehr viele Eadmännekes ausse Eade heavoa un fraachtn nache Befehle dea Könichstochta un se sachte:
„Hömma, inne Zeit von drei Stündkes muß der mächtige Wald apgehaun un dat ganze Holz in Staapln aufgesetzt sein."

Da gingn de Eadmänneks hearum un bootn ihre ganze Mischpoke auf, dat se alle mit anpackn solltn un machtn sich anne Malooche. Se fingn gleich an un alz de drei Stündkes rum waan, hattn se de Malooche ealedicht. Da kamen se widda zurück zua Könichtochta un sachtn et ihr. De Schickse nahm ihr weisset Tüüchsken, kloppte auffe Eade un sachte:
„So Maloocha, Schicht im Schacht, ap na Hause, dat hapta töfte gemacht."

122

Un mitma waan se alle widda wech. Alz dea Könichsbengl aufwachte, da waad er im Heazen sowatt von froh; de Schickse abba sachte zu ihm:
„Ker, hömma, wennet seckse geschlaagn hat, dann kommze wacka zurück zu Schlössken, nä!"

Dat befolchte dea Bengl un alza heim kam, fruuch der Könich:
„Ey, hasse den Wald apgeholzt?"

„Jau," sachte dea Könichssohn, „wat meinze wat dat füa ne schweare Malooche wa."

Alze dann zusamm am Tischken saaßn un futtaten, sachte dea Könich:
„Ker weisse, noch kannich dich meine Tochta nich zua Olschn geehm tun, east musse nowatt füa mich machn, weisse."

„Ja nee, is klaa," sachte dea Bengl, „wat issn getz Ambach."

„Hömma, ich hap da nen mächtign Teich," sachte dea Könich, „da musse moagn hin un ihn ausschlemm, dat de ganze Mocke rauskomm tut, un blank wien Spiegelken is weisse, abba et müssn danach noch allahand an Fischkes drinnen sein."

Am annan Moagn machte sich dea Könichssohn auffm Weech zum Teich, der Könich gaap ihn zum ausschlemm ne glääsane Schüppe un ne glääsane Hacke mit un sachte:
„Ker seh zu, datte bis um seckse feddich biss un laß gehn, nä."

Da ginga foat un alza zum Teich kam, da steckte er de Schippe in den Modda un wat wa, se brach ihn ap. Dann staacha mitte Hacke hinein un se zeasprank in tausent Teilkes. Hömma, da

123

wuade er widda voll betrüüpt un fing am plärren. Am Mittach kam de jünkzte Schickse widda un brachte ihm wat zum Spachteln un fruuch ihn, wie et ihm ginge. Da sachta, dat et ihm scheiße ginge un er wohl getz sein Kopp valiean müsse, da man mit son Gedöns an Gezehe (Weakzeuch) de Malooche nich schaffm könnte. Oh nee, sraach se, er solle doch easma bei se bei komm un wat futtan, datta ma widda auf andre Gedankens komm tut. Nee, sachta, futtan könnta getz nich, dazu seija viel zu bedröppelt. Abba se quatschte ihm widda gut zu, bissa bei se bei kam un wat futtate. Da fing se ihn widda am betatschn an un kraulte ihn, datta einpennte. Dann nahm se ihr Tüüchsken, knöppte nen Knootn rein un kloppe damit dreima auffe Eade un sachte:
„Maloocha, kommt hearaus un bei mich bei!"

Ker hömma, da kamen sogleich viele, mächtich viele Eadmännekes heavoa un fraachtn nachm Begehrn vonne Könichstochta un se sachte:
„Nu pass ma auf! In zwei Stündkes muss der Teich von alln Modda befreit sein un er muss glänzn wien Spiegelken un dat mich alle Fischkes noch am schwimm tun!"

Da gingn de Eadmänneks hearum un bootn de ganze Mischpoke auf, dat se alle mit anpackn sollten un machtn sich anne Malooche. Se fingn gleich an un alz de zwei Stündkes rum waan, hattn se de ganze Malooche ealedicht.
Se keahrtn zua Könichstochta zurück un sachten se:
„Hömma, is allet Paletti, et is allet ealedicht, watte unz befohln hass."

Da nahm de Könichstochta dat Tüüchsken widda inne Flosse un schluuch dreima auffm Boodn un sachte:

124

„Soo Maloocha, is Schicht im Schacht, ap na Hause, feddich füa heute!"

Un wiese dat sachte, vaschwandn widda alle Eadmännekes so wacka, wiese gekomm waan. Wie nun dea Könichsbengl widda aufwachte, wa dea Teich feddich un vom Modda befreit. Getz ging au de Schickse na Hause inz Schlössken un sachte noch: „Hömma, wenn et seckse schläächt, dann kommze au heim, vastehsse!'"

Nachdem de Uhr seckse schluuch, laatschte dea Könichsbengl au heim inz Schlössken un alza zu Hause ankam, fruuch ihm dea Könich:
„Ker hömma, hasse den Teich feddich?"

„Abba sicha dat," antwoatete dea Bengl, allet so wieje et mich befohln hass un wolltes, weisse."

Alze danach widda zusamm bei Tische saaßn un futtatn, sachte dea Könich:
„Ker weisse, ich kann dich mein Töchtaken imma nonnich zua Olschn geehm, denn du muss mich nowatt tun."

„Ja nee, is klaa hömma. Wat issn getz widda Ambach," fruuch dea Bengl.

Dea Könich sachte ihm, datta da nochn mächtich große Halde hätte un da wäarn viel Doanbüschkes drauf, die alle apgehaun weadn müsstn. Un ganz oohm auffm Gipfl müsse er nen mächtiget Schlössken baun tun, dat so töfte sein müsse, so dat et sich kein Mensch nua ausdenkn könnte un allet an Hausgerätschaftn un wat sonz an Gedöns in son Schlössken

125

sein tut, sollte darinnen sein. Alz nun dea Bengl am annan Moagn aufstand, gaap ihn dea Könich ne glääsane Axt un nen Bohra aus Glas mit auffm Weech un sachte:
„Ker, dann siehma zu datte de Malooch biss um seckse feddich kriss, sonz is füa dich Schicht im Schacht un de Rüübe ap."

Dea Bengl abba, alza ankam, machta sich sogleich anne Malooche. Alza nun den eastn Doanbusch mitte glääsane Axt anhiep, ging se in aasch, dat tausende von Stückskes um ihn hearumfloogn; au dea Bohra ging beim eastn Vasuch kaputt. Da waara widda ganz berüüpt un waatete auf seine Liepzte, opse nich zu ihn käme, um ihn widda ausse Not helfm zu machn.
Hömma, geegn Mittach kamse dann auch un brachte ihm wat zu Spachtln. Da ginga ihr wacka entgeegn un eazählte ihr allet un futtate nen bissken; dann ließa sich widda von se betatschn un krauln, bissa einratzte. Da nahm se aabamaalz ihr Tüüchsken mittn Knootn drin, schluuch damit dreima auffe Eade un sachte widda Sprüchsken:
„Maloocha, kommt hearaus un bei mich bei!"

Un widda kamen sehr viele vonne Eadmännekes hearaus un fraachten wat se denn diesma begeahre? Se antwoatete ihnen:
„Ker hömma, inne Zeit von nua drei Stündkes müssta alle Doanbüschkes apholzn un oohm auffm Gipfl vonne Halde, da muss nen Schlössken am stehn sein, dat muss so töfte aussehn tun hömma, wie et kein zweitet geehm tut."

De Eadmännekes gingn hin, bootn widda ihre ganze Mischpoke auf, dat se alle mit anpackn un helfm machn solltn. Alz de Zeit von drei Stündkes um wa, da wa au allet feddich, weisse. Da kamen se zua Könichstochta zurück un gaabm

Rappoat ap. Un de Schickse nahm widda ihr Tüüchsken, kloppte dreima auffm Boodn un sachte:
„Soo Maloocha, feddich un ap na Hause, is Schicht im Schacht füa heute!"

Hömma, kaum hatte se dat ausgekwatscht, waan se au alle widda vonne Bildfläche vaschwundn un alz dea Könichsbengl aufwachte un allet mit seinen Glupschan sah, waara froh, wien Vögelke inne Lüfte, weisse. Alz et nun seckze schluuch, laatschtn se beide zusamm na Hause inz Schlössken un wiese ankamen, fruuch dea Könich eastaunt:
„Ey Bengl, is dat Schlösske heut feddich gewoadn?!

„Abba sicha dat," antwoatete dea Könichssohn.

Un wiese bei Tische am sitzn waan, sachte dea Könich:
„Ker hömma, meine jünkzte Schickse kannich nich ehaa heageebm tun, alz biss de beidn andren nen Macka haabm, vastehsse!?"

Ja hömma, da wa dea Könichssohn un de jünkzte Schickse det Könichs abba ganz schön bedröpplt un se wusstn sich nich zu helfm, weisse. Un alz nun de Nacht kam, machtn de beidn de Biege un lieefm davon un alz se schonn ne Weile gelaatscht waan, da glotzte sich de Könichstochta nomma um un sah ihrn Altn, den Könich hinta sich.

„Och nee," sachte se, „wat solln wa denn getz machn tun. Mein Vadda hänkt unz anne Fott un will unz einholn machn. Hömma, ich will dich innen Doanbusch un mich in nen Röösken vawandln tun. Un mittn im Büschken weade ich wohl sicha voa ihm sein."

Alz dea Vadda anne Stelle kam, stand da nen Doanbusch un mittndrin nen töftet Röösken. Er wollte dat Röösken abbrech machn, doch kam anne Doanens dranne un riss sich de Griffl auf. Dat bluutete wie Sau, sarrich dich un dea Könich musste den Heimweech antreetn. Da fraachte seine Olle, de Konjin, warumma se dennich mitgebracht hätte? Da sachta, er haabe nen Doanbüschken un nen Röösken geseehn.

Da spraach de Könjin:

„Ker du Dumpfbacke, hättze mich dat Röösken ma ruhich apgebrochn, so wäar dat Doanbüschken schonn mitgekomm."

Da ging der Könich widda los un wollte dat Röösken holn tun. Abba de beidn waan schonn übba alle Haldn veaschwundn un der Könich laatsche imma weita hinta se hea. Da sah sich de Könichstochta widda ma um un se sah, dat ihr Vadda ihnen widda auffe Spua wa un spraach:

„Och nee, wie wolln wa et denn getz machn tun? Weisse wat, ich weade dich inne Kiaache vawandln un mich innem Pastek. Da willich dann auffe Kanzl am stehn sein un preedign."

Alz dea Könich anne Stelle kam, stand doat ne Kiiache un nen olla Pastek stant auffe Kanzl un preedichte vonne Liebe. Dea Könich hööate sich ganz gespannt de Preedicht an, laatschte widda na Hause un eazählte allet seina Olschn, se antwoatete:

„Ker du Döösbaddl, du hättz den Pastek einsackn solln, dann wäar de Kiiache schonn hintaheagelaatscht. Ker, ker, wenn man dich schon schickn tut. Ich glaup, ich will mich ma selpz auffe Porreepiepm machn, weisse."

Alz de Könjin nen Weilchen untaweechs wa un de beidn inne Feane sah, da glotzte sich geraade de Könichstochta um un eakannte ihre Mudda, datse imma näha komm tut un spraach:

„Och nee, nä. Getz is meine Mudda hinta unz hea. Hömma, ich will dich innen Teich vawandln un mich innen Fischken."

Alz de Mudda nun rankam un annem Teich am stehn wa, sprank inmittn nen Fischken umhea, dat kuckte mittm Köppken aussm Wassa un wa ganz lollich. Hömma, da waad de Könjin ganz brassich gewoadn un süppelte den Teich leer, damit se dat Fischken fangn konnte. Doch wuad ihr davon speiüübl un so kodderich, datse dat ganze Wassa widda auskotzn musste un spraach:
„Ker, ich seh wohl, dat ich hia nich mehr helfm tun kann."

De Könjin gaap de Schickse drei Wallnüsskes mit auffm Weech un sachte:
„Hömma meine Töchtaken, hiamit kannze inne Not Hilfe eahaltn tun."

Un damit laatschtn de jungn Leutz zusmm foat. Se waan nun schonn zehn Stüntkes gelaatscht, da kamen se zu nem Schlössken, aus dem der Bengl stamm tat un wo sich inne Nähe nen kleinet Döafchen befant. Alze doat angekomm waan, sachte dea Könichssohn:
„Hömma meine Liepzte, bleip ma hiea am stehn bleibm, ich will zueast zum Schlössken meines Vaddas gehn tun, dann kommich widda, um dich mittn Waagn un dea Dienaschaft apholn machn."

Alza abba inz Schlössken kam, da waan alle so froh hömma un er eazählte, datta ne Braut am Staat hätte, datse getz im Döafken wäare un auf ihm waatn tut un datta se getz mittn Waagn un de Dienaschaft apholn wollte. Da spanntn se ihm den töftestn Waagn voare Gäule un viele Lakain hocktn sich

129

mit darauf. Hömma, alz nun dea Könichsbengl einsteign wollte, da gaap ihn seine Mudda nen Knuutscha auffe Schnüss, dea ihm allet vagessn ließ, wat bishea geschehn wa un watta machn tun wollte, weisse. De olle Mudda befahl dat sofoatige apspann vonne Gäule un alle keahrtn zurrück inz Schlössken. Dat aame Määdken abba hockte waatent auffm Könichssohn im Doaf. Se lauate un lauate, abba kein Aasch ließ sich sehn, vastehsse, Se meinte abba imma noch, er wüade se apholn tun, abba er kam einfach nich widda.

Illustration: **Otto Ubbelohde** 1867 – 1922 (Bild-PD-alt)

Da ging de Könichstochta, weilse keine Knete auffe Tasche hatte, inne Mühle zua Malooche, se gehöate abba mit zum Schlössken. Da musste se alle Nammitaage am Wassa sitzn tun un Gefääße reinign machn. Eima kam de Könjin vom

Schlössken zum Wassa, um da flachandan zu gehn, se sah dat wackere Määdken doat am sitzn machn un sachte:

„Ker, wat is dattn wackaret un töftet Määdken! Hömma, dat gefällt mia!"

Da glotztn se alle de Schickse an, abba keine Sau eakannte se, weisse. Hömma, et vaging noch ne mächtich lange Zeit un de aame Schickse diente imma noch den Mülla treu un brav, wiese et von zu Hause geleaant hatte. Untadessn hatte de Könjin ne neuje Alsche füa ihrn Bengl gesuucht, se kam von ganz weit hea wech. Alz nun de Braut ankam, solltn se gleich einanda vabundn weadn un Hochzeit haltn. Et lieefm ne Menge an Leutz zusamm, die allet mitbekomm wolltn, dat nun au de aame Schickse den Mülla baat, zua Kiiache feckeln zu düafm.

„Hömma mein liebet Määdken," sachte dea Mülla, „geh nua hin un tu dich dat reinziehn."

Doch bevoa se wechging, öffnete se eastma eine, vonne drei Haslnüsskes, die se von ihra Mudda mit aufm Weech bekomm hatte. Darinnen laach nen töfta Fumml von Kleid, dat ströppte se sich übba un laatschte inne Kiiache, ganz nahe am Altaa, weisse.

Auf eima kam de Braut un dea Bräutigam un se hocktn sich voam Altaa; un alz dea Pastek se seechnen wollte, glotzte de Braut zua Seite un sah dat Määdken. Da sprank de Braut mitma auf un sachte, datse nich eha widda zua Trauung easchein wüade, bisse au son töftn Fumml von Kleid, wie de Schickse inna eastn Bank haabe. Da gingn se widda alle na Hause un ließn de Schickse fraagn machn, opse dat töfte Kleid nich vatickn wüade.

„Nee hömma," sachte se, „veascheuan tu ich et nich, abba vadien, dat könnt man et sich schonn," sachte se zua Braut.

Da fruuch de Braut de Schickse, watse denn damit meinte. Se sachte, wenn se nachtz voare Tüare det Könichssohns pennen düafte, dann könnte se den Fumml geane bekomm tun un de Braut willichte ein un sachte jau!

So musstn de Lakain det Könichssohns ihm nen Schlaftrunk hearichtn un dat Määdken leechte sich voare Tüare un plärrte, se eazählte de ganze Nacht; se hätte füa ihn den ganzn Wald apholzn, nen Teich ausschlemm unnen Schlössken baun tun lassn machn. Dann hätte se ihn au öftas gerettet un ihm innem Doanbüschken vawanelt, alz zweitet inne Kiiache un zu allaletzt innen Teich; abba der Seega hätte et so wacka un rasch vagessn. Hömma, davon höaate dea Könichsohn jedoch nix weisse, er ratzte inne Poofe un träumte von töftn Klamottn. Nua de Dienas waan duach dat Gequassl det Määdken aufgewacht un hattn allet mitangehöaat, abba se wusstn nich, wat dat allet bedeutn sollte. Am annan Moagn, alz se aufgestandn waan, ströppte sich de Braut den Fumml vonne Schickse an un fuhr mittm Bräutigam inne Kiiache.

Untadessn öffnete dat Määdken dat zweite Nüssken un darin laach nochn töfteret Kleid, der Fumml wa so schön hömma, sowatt hasse nonnich gesehn.
Se zooch sich also den Fumml an un laatschte damit inne Kiiache, pfleezte sich widda inne Bank inne Nähe det Altaas; un allet valief wie dat letzte Ma, weisse. Dat Määdken leechte sich zua Nacht widda voare Tüare vom Schlaafgemaach det Könichssohns, dessn Bedienztete ihm widda nen Schlaaftrunk bereitetn, datta pennen konnte.

Doch diesma enthielt der Trunk det Könichssohns kein Schlafmittelken un er leechte sich wach inne Fuazmolle. De Müllasmaacht plärrte widda un eazählte de ganze Storry nomma. Alz dea Könichsohn dat höaate hömma, waara ganz bedröppelt un mitma viel et ihm wie Schuppm vonne Klüüsn, denn et fiel ihn widda allet ein, wat inne Vagangenheit allet geschehn wa. Da wollte er zu se gehn, abba seine Mudda hatte de Tüare apgeschlossn. Am annan Moagn laatschte er abba gleich zu se hin un plaachte sein Leid un sachte, datse ihm nich bööse sein soll, er eazählte ihr wie allet gekomm is un datse ihm doch vazeihn sollte, datta se so lange vagessn hätte.

Da machte de Könichstochta dat dritte Nüssken offm un et wa dat allaschöste Kleidken vonne ganze Welt drinnen, wat man sich nua denkn tun kann. Se ströppe sich den töftn Fumml wacka übba un fuhrn inne Kiiache; da kamen viele Blaagn zusamm, se gaabm ihr Blümkes un leechtn bunte Bändkes zu Füüßn. Se ließn sich einseechnen un hieltn ne lollige un töfte Hochzeit ap; abba de bööse Mudda det Könichssohns un de falsche Braut musstn sich füa imma aussm Schlössken vapissn.

Hömma, un wea dat zuletzt ausgekwatscht hat, den seine Schnüss is imma noch waam, vastehsse!?

*** ENDE ***

133

Simelibeach

Et waan eima zwei Brüüda, hömma, dea eine wa nen reicha Krösus un dea andre ne aame Socke. Dea Reiche gaap dea Aamen abba nix ap un er musste sich seine Brootkruumen kümmalich im Koanhandl vadien um sich davon eanäan zu könn, weisse. Et ging ihm abba oftmalz sehr schlecht, dat seine Alsche un de Blaagn keine Kniftn un somit nix zu Futtan auffe Pootn bekamen. Eima fuahra mit sein Karrn duachn Wald, da eablickte er zua rechtn nen kaahln Berach un weila den Beach nonnie gesehn hatte, hielta stille un beäugelte ihn mit Vawundarunk, vastehsse!? Wieja so am stehn wa un glotzte, saahra mitma zwölf mächtich kräftige Keale dahea komm; un weila glaupte et sein Räubas, schoopa wacka sein Karrn inz Gebüsch un stiech auffm Bäumken un waatete ap, wat da ging.

Illustration: **Otto Ubbelohde** 1867 – 1922 (Bild-PD-alt)

De zwölf Keale gingn voam Beach un riefm mit lauta Stimme:
„Ker Beach Semsi, hömma Beach Semsi, tu dich offm machn."

Alzbalt tat sich dea kaahle Beach inne Mitte vonnenanda offm
un de zwölwe laatschtn hinein un wiese drinne waan, machte er
sich widda zu. Übba ne kleine Weile taata sich widda offm un
de zwölwe kamen hearaus un schlepptn schweare Säcke auffm
Puckl. Wiese alle widda am Tagetlichtken waan, sachtn se:
„Hömma Beach Semsi, ker Beach Semsi, mach dich zu."

Hömma, da fuahr der Beach mit nen Kawumm zusamm,
schloss sich hinta de zwölf Keale un et wa kein Eingank mehr
am seehn, vastehsse!? Alz de kräftign Keale foat un vollentz
ausse Klüüsn vaschwundn waan, da stiech dea aame Kautz dat
Bäumken widda runna un wa neugiearich gewoadn, wat wohl
Heimlichet im Beach vaboagn wäare. Also ginga voasichtich
da hin, wo de zwölf Keale den Spruch sachtn un spraach:
„Ker Beach Semsi, hömma Beach Semsi, tu dich offm machn."

Hömma, un dea Beach tat sich au voa ihm offm. Da traata
hinein un dea ganze Beach wa ne Hööhle volla Gold un Silba,
sowatt hat de Welt nonnich gesehn, weisse un hintn inne
Hööhle, da laagn mächtige Häufskes Pealn un blitzende
Eedlsteinkes, alz wäan se wie Koan aufgeschüttet woadn,
weisse.
Dea aame Schlucka wusste gaanich genau, watta damit
anfangn sollte un oppa sich wat vonne Schätzkes einsackn
düafte; abba entzlich füllte er sich seine Taschn voll un stecke
von allen wat hincin. Hömma, er nahm einiget vom Gold,
Goldstückskes un Silba, abba de Pealn un de glitzandn
Eedlsteinkes ließa liegn. Alza widda hearauskam, spracha:
„Hömma Beach Semsi, ker Beach Semsi, mach dich zu."

135

Dea Beach machte sich widda zu un er fuahr mit sein Karrn glückslich na Haus. Hömma, nun musste sich dea Aame keine Soagn mehr machn tun, denn mittm Gold un Silba konnta seine Olle un de Blaagn genuch Broot kaufm un am Kackn haltn weisse, au füa ne Pulle Fuusl am aahmt reichte de Kohle. Von nun an leeptn se fröhlich un reetlich, taatn jeedamann Gutet un gaabm de aamen Schlucka wat vom Reichtum ap. Abba alz de Moneetn zu Ende gingn, laatschte er zu seinen Bruuda, pumpte sich nen Scheffl un holte sich aussm Beach neue Kohle; doch er rüahrte vonne grooßn Schätzkes nix an, er nahm nua Gold un Silbastückskes.

Wieja sich abba zum drittn ma wat aussm Beach holn wollte, boachte er sich bei sein Bruuda abbamalz nen Scheffl. Dea reiche Bruuda wa abba schonn ne ganze Zeit neidisch auf dat Vamöögn, den töftn Haushalt in seina Hütte, dieja sich eingerichtet hatte un konnte abba nich begreifm tun, wat sein Bruuda den imma mittn Scheffl anfänge, denn nen olln Eima hatte doch jeede aame Sau, weisse. Da dachta sich ne List aus un bestrich den Boodn mit Pech un wieja da Maaß zurückbekam, so wa darunna nen Goldstückskes am hängn geblieebm. Alzbald drauf ginga zu sein Bruuda un fraachte ihn:

„Komma, nu samma, wat hasse denn mittn Scheffl gemessn?"

„Ja hömma, Koan un Geaste, weisse!" sachte dea andre.

Da zeichte er ihm dat Goldstückskes un droohte ihm, wenna nich de Waaheit auskwatschn wüade, so wollte er ihn bei Gericht vaklaagn. Er eazählte ihm also nun allet, wie et sich dammals zugetraagn hatte. Hömma, dea Reich ließ nun wacka nen Waagn anspann, fuahr hinaus zum Similibeach un wollte de Geleegnheit bessa alz sein dussliga Bruuda nutzn un de ganzn Schätze mitbringn machn, wieja voam Beach wa riefa: „Ker Beach Semsi, hömma Beach Semsi, tu dich offm machn."

Dea Beach tat sich natüalich offm un er laatschte hinein. Hömma, da laagn nun de Reichtüüma alle voa ihm un er wusste lange nich, woha alz eastet zugreifm sollte, entzlich abba sackte er sich de Eedlsteinkes, soviela schleppm konnte ein. Er wollte de Last rausbringn tun, weil abba sein Heaz un Sinn ihn ganz koloone machte un er den Blick nich vonne Schätze lassn konnte, hatte er den Naahm det Beachs vagessn un rief imma: „Ker Beach Simeli, hömma Beach Simeli, tu dich bitte offm machn!"

Abba dat wa nich dea rechte Naahme det Beachs, weisse un er reechte sich nich un bliep vaschlossn. Hömma, da waad ihm abba ankst un bange sarrich dich, abba je länga er sich nachsann, dasto mehr vawirrtn ihn seine Gedankn un et halfm ihn alle Schätze nix mehr.

Am Aahmt tat sich dea Beach abba offm un de zwölf Räubas kamen herein, un alz se ihn saahn, beömmeltn se sich un riefm: „Ey du Voogel, hamma dich entzlich, meinze etwa, wia hättn et nich bemeakt, datte hia schintluuda treipz un zweima wat stebitzt hass. Getz hasse zweima Glück gehappt un biss reingekomm un wia konntn dich nich fangn tun, abba beim drittnma, sollze nich widda rauskomm tun, weisse!"

Er winselte dat ihm de Tränkes kamen un rief: „Ker, hömma ich wa et nich, mein Bruuda wa dat," abba er mochte noch so viel um sein Leehm bittn, bettln un lamentiean watta wollte, se schluugn ihm im nachhinein abba doch den Kopp ap.

Un de Moral vonnem Mäachen is, wea schonn genuch Kohle hat un nomehr an Moneetn will, dea steht nahea ohne allet da, sogaa ohne Kopp un Leehm, weisse.

*** ENDE ***